너머를 보는 눈

너머를 보는 눈

초판 1쇄 발행 2022년 12월 30일

지은이 | 강찬모

펴낸곳 | (주)태학사
등록 | 제406-2020-000008호
주소 | 경기도 파주시 광인사길 217
전화 | 031-955-7580
전송 | 031-955-0910
전자우편 | thspub@daum.net
홈페이지 | www.thaehaksa.com

편집 | 조윤형 여미숙 김선정
디자인 | 이영아
마케팅 | 김일신
경영지원 | 김영지

값 16,000원
ISBN 979-11-6810-101-2 (03810)

책임편집 | 조윤형
북디자인 | 이영아

너머를 보는 눈

강찬모 산문집

태학사

책머리에

글을 쓴다는 것은 문자를 구워 활자를 고정시키는 두렵고 떨리는 일이다. 활자가 지면紙面에 닿는 순간 수정이 안 되는 불가역성인 까닭이다. 언제나 재생이 실현되는 '지우개'의 여백이 교착(활자)의 영역에서만 박제가 되는 것도 이 때문이다. 활자는 오직 지우개가 '절차탁마切磋琢磨'한 각고의 '흔적'으로만 오롯할 뿐이다.

불면의 밤을 밝히며 생각의 끝을 잡고 윤곽과 사투를 벌인 것도 지우개 자신의 황홀한 소멸 덕분이었다. 물림과 번복의 관용을 허락하지 않는 세상의 모든 글은 지우개의 헌신으로 얻은 자기 정신의 '일필휘지一筆揮之'의 현현顯現이다.

'산문散文'은 내 오래된 꿈이었고, 전공서가 말하지 못하는 개인 삶의 일상과 주변을 향한 시간의 서사이자 생의 무늬다. 산문이 시와 소설에 비해 결코 가볍지 않은 것도 이러한 이유일 게다.

전공의 단단한 '외골'은 일가一家를 이루는 방편이지만 골방의 '편협성'이 상존한다. 골방을 나온 산문은 엄마의 땅처럼 넓고 풍성하여 생명의 숲을 이룬다. 태고와 지금 여기를 품은 원시림의 풍만한 호흡은 그래서 삶을 살리는 피톤치드이며 생모生母의 '숨결'이다.

이렇듯 산문이 관장하는 울타리는 삶의 체험에서 생장하는 마음의 밭이요 엉클어진 상념이며 또한 생명에 대한 연민이다. 사람의 삶 자체가 이것저것 잡다한 일들로 뒤엉킨 '산문山門'의 환경이 아닌가.

'황혼黃昏'의 노래는 산문을 향해 회자되는 오래된 불문율이다. 연륜의 더께와 더불어 깊어지는 글이란 얘기일 게다. 불문율의 도식과 경직을 모르는 바 아니지만 오래도록 무시하지 못하는 질서와 훈계 또한 예의 그것의 신성을 호위하는 경계였을 것이다. 글을 쓰면서 시시로 내 삶과 연륜의 성숙을 회의하거나 돌아본 것도 이처럼 재래의 신성이 아직도 엄존하기 때문이었다.

펜이 지면에 닿는 순간 나는 행복했고 때론 절망했다. 오감을 통해 손끝에서 피어난 생명의 감각은 표현이 익는 선물이므로 행복했다. 설익은 인생관으로 조산한 내 언어가 맥락이 단절된 부유하는 세상에 과연 어떤 의미가 있을까 때때로 절망했다.

그러나 만용은 가끔 나를 위대하게 하는 '하룻강아지의 힘'이다. 내 관점으로 내가 볼 수 있는 삶의 안목만큼만 그렸을 뿐이다. 내가 보지 못하거나 느끼지 못한 또 다른 세상의 얼굴들이 헤아리지 못할 정도로 지천임을 안다. 그것은 그것대로 내가 향후 터득해야 할 삶의 심연이며 다른 관점에서 경험한 이의 몫이겠다.

끝으로 서 말도 안 되는 구슬을 꿰어 보물을 만들어 주신 지현구 태학사 회장님과 조윤형 주간님, 그리고 은사님인 정종진 선생님께 감사를 드린다. 그리고 적지 않은 글 꼭지에 빛나는 소재와 번뜩이는 영감을 준 사랑하는 딸 서현과 아내 세례에게도 고마움을 전한다.

하늘과 별, 풀과 꽃, 훈기 그리운 사람 동네의 냄새 등 내 삶의 터전인 자연은 그 자체로 모성이며 존숭과 경외의 찬가다. 내가 한 말은 그들 품에 안겨 어리광을 부리며 마냥 토해 낸 최초의 '옹알이'를 그대로 옮긴 것뿐이다.

2022년 가을

포석조명희문학관에서

강찬모 삼가 씀

차례

여름

가을

겨울

다시, 봄

봄

봄날은 간다

꽃은 피었다가
왜 이렇게 속절없이 지고 마는가
봄은 불현듯 왔다가
왜 이다지 자취 없이 사라져 버리는가

내 사랑하는 것들도
언젠가는 모두 이렇게 다 떠나고
끝까지 내 곁에 남아 나를 호젓이 지키고 있는 것은
다만 빈 그림자뿐이려니

— 이동순, 「봄날」 부분

연분홍 치마가 봄바람에 휘날리더라.

오늘도 옷고름 씹어 가며

산제비 넘나드는 성황당 길에

꽃이 피면 같이 웃고 꽃이 지면 같이 울던

알뜰한 그 맹세에 봄날은 간다.

새파란 풀잎이 물에 떠서 흘러가더라

오늘도 꽃편지 내던지며

청노새 짤랑대던 역마차 길에

별이 뜨면 서로 웃고 별이 지면 서로 울던
실없는 그 기약에 봄날은 간다.
열아홉 시절은 황혼 속에 슬퍼지더라.
오늘도 앙가슴 두드리며
뜬구름 흘러가는 신작로 길에
새가 날면 따라 웃고 새가 울면 따라 울던
얄궂은 그 기약에 봄날은 간다.

- 손로원 작사, 「봄날은 간다」 부분

노래 「봄날은 간다」는 봄을 대표하는 노래다. 언제부터 이 노래가 봄을 상징하는 내 개인 이미지로 체화되었는지 정확히 알지는 못한다. 가수 백설희가 1953년에 취입한 이래 국민가요로 널리 애창되고, 나 또한 어린 시절에 이 노래를 많이 듣고 자랐다. 「봄날은 간다」는 시 전문 문예지인 『시인세계』(2003)가 시인 100명을 대상으로 설문한 결과, 노랫말이 가장 아름다운 우리 가요에서 단연 1위를 차지하기도 했다.

시인들이 눈여겨본 점은 대중가요라는 통속성 속에 내포한 심오한 철학적 의미일 것이다. 미려한 '예쁨'만이 어찌 아름다움을 전유하게 될까. 슬픔과 비극이 결여된 아름다움은 일개 '당의정糖衣錠' 같은 얄팍한 감미료에 지나지 않는다. 역시 생의 감식력과 직관은 시인들의 세포임이 자명하다. 언어의 모신母神인

어머니. 1978년 새집을 지으신 그해 봄에.

시인의 선택을 받은 가사이기에 이론의 여지가 적을 듯하다.

내가 가사의 의미를 제대로 이해한 건 성인이 된 후의 일이다. 유독 봄을 「봄날은 간다」의 노래로 기억하는 것은 바로 '연분홍색 한복 치마' 이미지 때문이다. 엄마는 훤칠한 키에 어깨가 좁아 한복이 매우 잘 어울리는 계란형 전통 미인이었다. 외가의 대소사에 한복을 입고 이모들과 찍은 기념사진이나 동네 아낙들과 어울려 찍은 단체 사진을 봐도 비녀로 쪽 진 머리와 갸름한 얼굴이 한복과 조화를 잘 이룬다.

8남매의 '막내'로 물가에 내놓은 자식처럼 나는 늘 엄마의 걱정과 염려를 먹고 자랐다. 스무 살 초입 처음으로 본격적인 객지 생활을 하기 위해 누나가 사는 '진천'으로 내려올 때도 엄마는 진녹색 치마에 연분홍색 저고리를 입고 있었다. 설령 연분홍 치마를 입고 있지 않았어도 내겐 진녹색 치마보다 연분홍 저고리가 엄마의 연분홍색 한복 전체를 상징한다. 연분홍색이 주는 시각적 마찰과 봄의 화사함이 자연스럽게 연동된 탓일 것이다.

며칠을 묵은 후 떠나는 차 안에서 엄마는 연신 눈물을 훔쳤다. 이때도 연분홍 저고리의 옷고름은 흐르는 눈물을 닦는 엄마의 아픈 손수건이었다. 엄마와 작별한 4월 초의 날씨는 너무도 맑고 화창하여 이별의 슬픔이 차라리 처연했다. 당시 엄마는 큰형님이 모시고 있었고 나 또한 형 댁에 일정 기간 똬리를 틀고 있던 때였다. 경제권을 넘긴 엄마 형편에서 막내 자식인 나는 늘 아픈 손가락이었을 게다. 내가 설령 하늘이 내린 효자라고 한들 막내라는 그 이유 하나만으로도 태생적으로 씻지 못할 불효의 낙인이 된다는 것을 세월이 저만큼 흐른 뒤에 알았다. 당신 손으로 마지막까지 거두지 못하는 어미로서의 아픔이 당신 가슴을 도려냈으리라.

「봄날은 간다」는 유한한 삶을 잘 표현한 노래다. 사랑의 맹세도 삶이라는 불완전한 무대 위에서는 한낱 부질없는 약속이 되고 마는 불투명한 생의 개연성을 이야기했다. 연분홍 치마를 입은 처자는 그러한 삶의 돌발적 예외를 인생의 한 부분이라 여기며 수용하고 긍정하는 태도를 보임으로써 애잔한 비극을 차원

높게 심화시킨다.

'성황당 길 → 역마차 길 → 신작로 길'은 우리 근대의 전개 과정을 압축적으로 보여 주며 그것이 사별死別이든 생별生別이든 맹세를 저버리고 떠난 야속한 님을 시간의 흐름에 아랑곳하지 않고 기다리는 영속을 보여 준다. 이제 처자에게 기다림은 애끓는 고통과 불면을 초월하여 생을 관통하는 희원希願과 가능성이 몽우리진 시간으로 변한다.

이 노래는 우리 민족의 '별리別離'의 정한과 잇닿는다. 「가시리」의 고려가요와 소월의 「진달래꽃」 그리고 다시 만날 것을 믿는 만해의 「님의 침묵」과 동일한 정서를 내용으로 한다. 기다림을 유일하게 이기는 전설인 '망부석望夫石' 설화도 같은 범주다. 현상으로는 비극적 상황이지만, 그러한 현실을 견디게 하는 것은 다시 만나게 되리라는 기대 섞인 마음과, 그것이 인생이며 삶이라고 믿는 수용적 태도다. 물론 긍정적 태도에 이르기 위한 긴 발효의 시간, 통증의 시간, 연민의 시간이 있었을 게다.

2015

내 문학의 기원

그러니까 그 나이였다. 시가 날 찾아왔다.
난 모른다. 어디서 왔는지.
겨울에서였는지 강에서였는지 언제 어떻게 왔는지
아니, 목소리는 아니었다. 말言도, 침묵도 아니었다.
하지만 어느 거리에선가 날 부르고 있었다.

— 파블로 네루다, 「시가 내게로 왔다」 부분

'내 문학의 기원은 어디에서 비롯된 것일까?' 생뚱맞지만 시원을 향한 의지는 모든 생명체의 현재를 설명하는 씨앗이므로 자연스럽고 당연한 일이다. 그러므로 기왕의 자리에서 연원을 찾으려는 노력은 내 현재와 관련된 까닭에 무료한 파적破寂은 아닐 게다. 특히 문학이나 예술은 다른 분야에 비해 선천적 요인이 더 강하게 작용한다. 태어날 때부터 이미 운명의 밑그림이 그려진 초벌구이가 끝난 도자기 모습과 같다.

운명이라고 하여 특별하지는 않다. 예술 이외의 직업도 운명은 개인 삶을 규정하는 필연이자 은유이기 때문이다. 단지 예술의 영역은 운명에서 자유롭지 못한 인간 삶의 심연을 복원하려는 자가 신탁의 주술에 의지, 고투하는 믿음에서 출발하는 것뿐이다. 찰나로 생성되며 변하는 인간의 감정을 포착, 명명하는 일(예술)에 유별난 감수성이 그들에게는 존재한다. 어떤 이는 이를 두고 '천형天刑'이라고 하고 또 어떤 이는 이를 두고 '축복'이라고 한다. 천형이든 축복이든 아이러니한 인간 삶의 이중성을 조감한다는 의미에서 운명은 그 자체로 엄연한 것이다.

금아 피천득의 『인연』에 나오는 「엄마」 편의 한 구절은 내 문학의 기원을 추적하는 실마리가 될 듯하다.

> 내게 좋은 점이 있다면 엄마한테서 받은 것이요, 내가 많은 결점을 지닌 것은 엄마를 일찍이 잃어버려 그의 사랑 속에서 자라나지 못한 때문이다.

이처럼 한 인간의 정신은 숙명적으로 육친의 관계에서 명암이 깃든다.

내 경우는 우선 얼굴도 모르는 할아버지, 할머니에게로 거슬러 올라간다. 집안의 장남인 할아버지는 아버지(내겐 증조할아버지)의 작은아들에 대한 편애로 처자를 두고 집을 나가 '남사당패'가 되어 평생 구름처럼, 바람처럼 떠돌며 살았다. 당신이 없어지면 처자는 잘 거두리라 생각하고 결행한 고육지책의 거사였지만 증조할아버지의 지독한 편애는 바뀌지 않았다고 한다.

결국 할머니와 어린 형제(아버지와 작은아버지)도 정처 없이 집을 떠나 동가식서가숙하며 부평초같이 길 위의 삶을 살았다. 내 피 속에는 '무동舞童'을 목말에 태우고 춤을 추는 피 끓는 헌헌장부의 '딴따라'의 방랑 기질과 두 형제를 안고 헤매다 끝내 길에서 생을 마친 할머니의 가슴 아픈 한恨이 화인火印처럼 박혔다.

어린 내 눈에 아버지의 병적인 독서는, 불이 꺼진 날을 기억하지 못할 정도로 일상이었다. 아버지의 독서는 요즘으로 말하면 '문자 중독증'에 해당하는데, 내가 성인이 되고 당신의 삶이 저무는 순간까지 집요했다. 습관이 되어 버린 문자 집착이 세 모자가 길 위에서 삼켰던 슬픈 집시의 비가悲歌를 삭이기 위한 피정避靜이란 걸 안 것은 아버지가 떠난 후였다.

아버지는 주역周易과 동양철학에 조예가 깊었다. 풍수지리와 지관地官, 택일과 작명, 침 하나로 급성을 치료하는 한의韓醫의 신통으로 우리 집은 동네 대소사를 앞둔 사람들의 발길이 끊이질 않았다. 아버지는 생로병사를 관장하는 동네 '촌장'이었던 셈이다. 내 친구들과 선배, 동네 꼬마 대부분은 아버지가 지어 준 이름으로 '꽃'이 된 아이들이다. 나는 평생 다 쓰고도 남을 지적 재산권을 갖고 있다고 할 수 있으나 아쉽게도 손에 잡히는 '동전'은 하나도 없다. 대신 아버지가 남겨 놓은 은덕으로 오늘도 하루를 감사하게 일용하며 산다.

형과 누나들에게 들은 얘기다. 아버지는 밤이면 동네 사랑방으로 가 마실 온 아녀자들에게 책을 읽어 주거나 읽은 책 이야기를 실감나게 해 주는 일을 많이 했다고 한다. 지금으로 말하면 '구연동화'인데, 저절로 웃음이 나온다. 조선시대에 책을 읽어 주는 일을 업으로 하는 '전기수傳奇叟'가 있었는데, 아버지가 그런 일을 취미로 한 게다. 희미하게 남은 기억이지만 생각할수록 또렷하게 떠오른다. 등잔불이 비치는 바람벽에 손을 이용하여 동식물의 여러 가지 형상을 만들며 말(대사)까지 곁들였다. 지금으로 치면 1인극 팬터마임pantomime과 같은 게 아닐까 싶다.

극장이 없던 시절 아버지의 팬터마임은 산골 아이인 내가 변방의 상상력을 통해 신비로운 세상을 여행하는 '문화의 초콜릿'이었다. 이렇게 보니 내 문학의 기원은 할아버지, 할머니의 한 많은 삶을 온전히 이어받고 태어난 아버지의 생에서 전이된 듯하다. 그 중심에 한恨을 삭히는 신명과 인간의 삶에 대한 달관된 허허로움이 곁들여져 있을 테고.

아버지로 인해 엄마가 가려지지는 않는다. 엄마는 천생 엄마였으며 또 하나의 아버지였다. 책에만 빠진 아버지를 대신해 소소한 가정경제는 늘 엄마 몫이어서, 엄마가 서 있는 곳은 언제나 바람 부는 생의 한가운데였다. 그런 탓인지 엄마의 말은 논리적이고 경우가 밝아 동네 다툼의 현장을 정리하는 시시비비의 '판관判官'이었다. 엄마 곁엔 늘 사람들이 차고도 넘쳤다. 사람들은 엄마를 일컬어 '치마 두른 여장부'라고 했다. 엄마의 이른 상실로 오매불망했던 금아에 비해, 엄마는 내가 장년이 될 때까지 굳건한 버팀목이 돼 혹여 있을 성장의 장애를 막아 주었다.

그렇다고 애정결핍이 전혀 없다고 감히 단언하지는 못하겠다. 엄마란 존재의 상실은 때를 불문하고 개인이 경험하는 가장 큰 최초의 공포이며, 엄마의 사랑은 아무리 먹어도 허기지는 영원한 결핍이기 때문이다. '그리움'과 '연민'이 내 문학의 본령이라면 엄마의 손은 아버지의 손과 더불어 그곳에서 손짓하는 노스탤지어일 게다.

2016

분필과 초심

눈 오는 아침은
설날만 같아라
(……)
눈 오는 아침은
한 번도 살아 보지 못한
첫날만 같아라

— 백무산, 「초심」 부분

오랫동안 서재 맨 꼭대기 선반 위에서 그는 나를 주시하며 내 마음속 미묘한 변화까지도 예민하게 감지하고 있었을 게다. 그는 자그마치 14년 동안 그 일을 묵묵히 수행한 것이다. 해탈을 했어도 됨직한 짧지 않은 세월이었을 것이며, 한편으로는 내 무심과 무정이 목석처럼 적나라하게 증명되는 열적은 시간이기도 했다. 여기서 내가 말하는 그는 사람이 아니라 '분필'이다. 서재에 꽂힌 책들은 14년 동안 한 번은 답답한 자리를 떠나 다른 공간으로 바람을 쏘이는 행운을 누려 본 경험들이 있지만, 분필만은 오로지 한자리에 위리안치圍籬安置되어 있었다.

이렇듯 분필은 그동안 내 곁에서 멀어진 분신이었다. 그러던 어느 날 분필이 눈에 들어왔다. 마침내 선반에 좌정한 분필갑을 내려 살펴봤다. 내가 스스로 내린 일이라기보다는 어쩌면 분필이 끊임없이 나를 애타게 부른 것인지도 모른다. 절절한 구애에 대한 답이지만 마지못해 응한 탓에 손이 부끄러웠다.

내게 두 갑의 분필은 특별하다. 14년 전 박사과정을 마칠 무렵 가을 학기 첫 강의를 앞두고 조교에게 선물로 받은 것이기 때문이다. 분필 케이스와 함께 받았지만 케이스는 종적이 묘연, 분필만 남았다. 세상의 모든 첫 경험들이 갖는 떨림과 긴장 그리고 호기심이 교차하는 순간, 분필은 그런 나를 응원하는 조교의 따뜻한 마음이었다. 첫 강의를 떠올릴 때마다 분필은 아련한 그 시절을 선명하게 건드리는 현絃이며 더딘 책장을 넘길 때마다 나를 흔들어 깨우는 망치였다.

봉인된 갑에서 꺼낸 분필을 나란히 눕혀 놓고 사진을 찍어 당시 조교였던 후배에게 보냈다. 후배는 이후 열심히 공부하여 교수가 되었다. 사진을 받고 후배가 보인 반응은 "이걸 지금까지 갖고 있느냐?"라는 놀라움이었다. 그도 분필을 보면서 희미했던 기억을 떠올렸을 게다. 그는 후배였지만 언제나 생각이 깊고 언행이 신중하여 나와의 나이 차가 무색할 정도로 신뢰를 갖고 있던 관계였다. 그와 나눈 숱한 얘기 속에는 서로 확언하지는 않았지만 언젠가 함께 학문의 길을 가자는 도반道伴의 결의가 짙게 배어 있다.

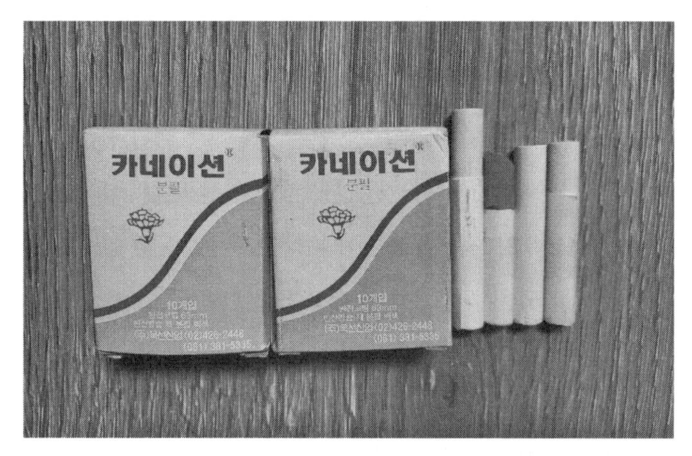

2005년 첫 강의를 앞두고 후배(조교)로부터 선물받은 분필.

첫 강의를 할 때보다 강의 환경은 비교하지 못할 정도로 발전했으며 새로운 판서板書의 강자인 '보드마커'가 나온 지도 적지 않은 세월이 흘렀다. 더 나아가 빔프로젝터를 이용한 프레젠테이션이 기존의 칠판과 분필 자리를 대신한다. 시대 변화에 적극 대처하여 도래하는 교육 환경을 선제적으로 수용, 학습의 미래를 설계하는 것이 가르치는 자의 당위다. 그러나 새로운 것이라고 모두 편리한 것은 아니다. 오래전부터 분필은 '교편敎鞭'과 더불어 학교와 배움의 상징이며 누에가 풀어 내는 '고치'였다. 선생이 먹은 탁한 분필 가루가 오늘을 사는 기반이 된 점을 생각할 때 분필이야말로 우리가 오래 기억해야 할 미래다.

보드마커와 달리 쉽게 미끄러지지 않는 분필 특유의 고집스런 우직함과 실오라기 하나 걸치지 않은 날것의 생생한 감촉이 언제나 나를 설레게 한다. 막대기 하나로 땅에 써 내려간, 손이 까만 아이의 '가' '갸'가 처음으로 분필을 만나 느꼈던 신생의 기쁨을 잊지 못한다. '버짐꽃' 핀 산골 소년의 선생님을 향한 경외와 존경의 기원도 어쩌면 분필이 부리는 신들린 듯한 마술의 힘 때문인지도 모른다. 대통령과 더불어 천편일률적으로 꼽았던 선생님을 향한 아이들의 꿈도 역시 분필의 마력이 적지 않게 작용한 결과일 게다. 앞으로도 기능적 교육 환경은 지금보다 훨씬 발전하리라 본다. 그러나 교육이 지향해야 할 인간의 미래는 과거 인문적 경험과 가치를 배경으로 할 때 혹여 초래될지 모를 인공지능(AI)의 위험을 완충하여 수렴하게 될 게다. '온고지신溫故知新'이야말로 교육에서 각인되어야 할 금언이 아닌가.

그러고 보니 분필이 나를 호명한 이유가 있다고 생각한다. 초심을 잃지 말라고. 낡았지만 분필이 써 내려간 열정을 기억하라고.

2019

구제역 일기

화려한 외출, 요람에서 무덤까지

가없는 비애의 스며드는 듯한 맑은 표현이 캄캄하고
점착질적이며 잔혹하고 피비린내 나는 비명과 신음과
절망과 짐승의 충혈된 눈들로 가득찬 지옥의 소리보다 훨씬
더 커다란 호소력을 가지고 있다. 그것은 마치 살육이 끝난
바로 뒤의 침묵한 마을의 여름날 정오, 젊은 병사의 시체
곁에 흔들거리는 한 송이의 작은 들꽃의 묘사가, 막상
그 죽음의 아우성과 유혈의 표현보다는 그 현실 비극성을
더 훌륭히 압축하는 것과 같다.

— 김지하, 「풍자냐 자살이냐」 부분

김지하의 이 산문 구절은 절대 비극이 끝난 후의 적막감이 오히려 절대 비극이 자행되는 현장보다도 더 처참하게 비극을 심화시킨다는 말이다.

천여 마리의 돼지가 죽던 날도 한파가 매섭게 몰아친 날씨였지만 절기상으론 입춘을 지나 남녘의 꽃소식이 심심치 않게 전해지던 때였다. 하늘은 왜 이렇게 구름 한 점 없이 청명하며, 잔설 옆에 수줍게 돌아앉은 철 이른 냉이는 아무렇지도 않은 듯 무

심히 제 숨을 고르던 평화로운 시간이었다. 갖가지 들풀들이 마지막 추위를 그렇게 이겨 내려는 듯 저희들끼리 엉겨 '체온 나누기'를 하는 어제 같은 날이었다. 방금 어떠한 일이 일어났는지 무관심한 채 시름없이 졸음에 겨운 시간이었다.

사실은 그 어떤 것으로도 설명하지 못하기에 천지와 초목은 말을 잃고 다만 얼이 빠진 것이다. 살육이 끝난 뒤의 침묵은 바로 비극이 자행되는 현장을 목격한 자연의 이목들이 느끼는 '기氣막힘' 때문에 벙어리가 된 망연자실의 먹먹함 바로 그것일 게다. "아우슈비츠 이후 서정시를 쓰는 건 야만스러운 일"이라고 독일의 철학자 아도르노는 말하지 않았던가. 브레히트 또한 그의 시 「서정시를 쓰기 힘든 시대」에서 폭력과 광기의 시대에는 서정시보다 그것을 증언하거나 저항하는 시가 자신이 추구해야 할 시의 진실임을 말했다.

아비규환으로 얼룩진 매몰 작업이 끝난 후 일상처럼 어둠이 내리고 사람 동네에 하나둘 불이 켜졌다. 고단했던 특별한 하루를 뒤로하고 서현이 곁으로 무거운 발걸음을 옮겼다. 팔베개를 해 주며 동화책을 읽어 주던 즐거움도, 탁족濯足을 하며 간지럼을 태우는 일도 당분간 하지 못할 듯하다. 좋든 싫든 내 영육에 각인된 '살인의 추억'은 그만큼 짙은 그림자를 남겼다. 외람되지만, 나이 탓일까 아니면 여린 감수성 탓일까. 해마다 오는 봄이지만 이번에 맞는 봄은 참으로 반갑고 소중하다는 생각이 든다. 한 번도 의심하지 않았던 자연의 순환이 이렇게 고마운 적이 없다.

내가 이런 과분한 생각을 하는 것은 문학소년다운 지나친 감정의 과잉도 아니요 초탈한 성자의 현학적 수사 때문도 아니다. 전적으로 지난겨울이 너무 추웠고 길었기 때문이다. 추위를 느끼는 일은 기온이 원인이지만 마음의 결핍이나 위축이 추위를 더욱 가중시키는 원인이 되곤 한다.

어느덧 계절은 신록 앞에 서 있지만 이번 봄은 예년과 달리 겨울의 잔상들이 오래도록 떠나지 않고 곳곳에 짙게 배어 있다. 아마도 '구제역'이 휩쓸고 지나간 음영이 너무 큰 탓이다. 구제역은 소, 돼지, 양, 염소, 사슴 등 발굽이 둘로 갈라진 동물에 감염되는 질병으로 전염성이 매우 강하며 입술, 혀, 잇몸, 코, 발굽 사이 등에 '물집(수포)'이 생기는 병이다. 체온이 급격히 상승, 식욕이 저하되어 심하게 앓거나 죽는 병으로 국제수역사무국(OIE)에서 A급 질병으로 분류하며 우리나라에서도 제1종 가축전염병으로 지정된 치명적 병이다.

'군청'에 근무한다고 해도 해당 부서에 근무하지 않은 한 그동안 구제역은 남의 일에 불과한 '먼일'이었다. 설령 발생했다고 해도 해당 부서 차원에서 해결이 가능한 일이었으며 모든 공무원들을 투입하지 않고도 관리가 가능했다. 그러나 이번에 전국을 강타한 구제역은 미증유의 비극이자 불행이고 '전쟁'이었다. 전쟁도 이런 전쟁이 없을 듯하다. 일반 전쟁이 물리력을 동원한 보이는 상대와 일전을 벌이는 일이라면 구제역이란 전쟁은 눈에 보이지 않는 정체불명의 바이러스와의 대결이기 때문에 딱히 전후방 경계가 없는 '하얀 전쟁'보다 무서운 '지루한 전쟁'이다.

구제역 발생으로 직접 피해를 본 축산 농가의 절망과 탄식은 우리 상식을 뛰어넘어 생존을 위협할 정도로 전면적이다. 생물을 기른다는 것은 무한한 사랑과 공력이 투입되지 않으면 불가능한 절대 희생과 헌신이 바탕이 되어야 하는 지난한 일이다. 한시도 그들 곁을 떠나지 못해 그 흔한 '천렵'이나 '꽃놀이'도 잊고 산 지 오래다. 현실적으로는 경제의 타격을 걱정해야 하지만 자식처럼 기른 정은 또 다른 상실감으로 다가온다. 이런 상황 속에서 살처분 현장에 투입되는 것을 꺼리는 것은 어쩌면 당연한 일일 게다. 선택의 여지가 없는 일이지만 되도록 죽이지 않거나 죽이더라도 내가 죽이는 일을 하지 않았으면 하는 턱도 없는 바람을 안고 살처분 현장에 투입되곤 한다.

구제역 발생 기간에 세 번 돼지 살처분 현장에 투입되었다. 이미 살처분 경험이 있는 직원들의 도움을 받으며 우리에서 나온 돼지를 '천 길 구덩이'로 인도하는 '저승사자' 역할을 했다. 평소의 타성 때문인지 아니면 죽음에 대한 직관 때문인지 돼지는 우리에서 잘 나오지 않았다. 100킬로그램에 가까운 돼지를 최종 목적지까지 몰고 가기 위해서는 여러 형태의 폭력과 전기 충격이 가해진다. 처음에는 뒤로 빼는 직원들도 돼지가 계속해서 말을 듣지 않고 뒤로 가거나 통로를 벗어나기 시작하면 어쩌지 못하고 적극 제지를 하게 되는데, 이 과정에서 점차 폭력으로 돼지의 죽음에 개입하는 '이해 못 할 순간'을 경험한다.

이러한 극한 상황에서 생명에 대한 존엄성이니 애처로움이니 하는 인간의 선한 감정은 점차 둔감해지고, 설령 그런 감정이 생긴다 해도 사치스럽다는 생각을 하게 된다. 어렵게 구덩이 입구까지 몰려나온 돼지는 입구 근처에 대기 중인 직원에게 일종의 '안락사 주사'를 맞은 후 굴삭기로 운반된다. 돼지의 생애에서 '짧지만 가장 긴 외출'이 그렇게 끝나는 순간이다.

100킬로그램에 가까운 돼지들이 주사를 맞고 비틀거리며 쓰러지는 모습은 차마 눈을 뜨고 보지 못할 정도로 처참하다. 여러 형태로 선혈이 낭자한 모습은 돼지가 일개 동물이 아니라 사람의 모습으로 환영幻影된다. 살처분 현장에서 최종적으로 흙을 덮는 매몰 작업과 더불어 가장 가슴 아픈 장면이다. 굴삭기가 흙을 밀어 넣기 시작하면서 돼지의 비명은 극에 달하다 점차로 잦아든다. 김지하가 얘기했던 것처럼 마치 "시체 곁에 흔들거리는 한 송이 작은 들꽃"의 적막감같이…….

구제역 매몰 작업을 하면서 느낀 몇 가지 소회를 생각해 본다. 결론적으로 말한다면, 이러한 극한 한계 상황을 만들지 말아야 한다는 점이다. 극한 한계 상황에 처하게 되면 이성도 윤리도 모두 곁가지가 되며 오직 제어되지 않는 인간의 본능만 작동하는 현실이 된다. 다른 생명체보다 우월한 차별의 근거로 내세웠던 인간의 보편적 가치들이 스스로 부정되는 순간과 맞닥트린다. 맹자의 '성선설性善說'이나 순자의 '성악설性惡說'을 예로 들지 않더라도 인간은 처음부터 악하지도 않고 처음부터 선하지도 않다. 퇴로가 차단된 상황에 처하면 누구나 악해지며 본능에 지배를 받는다. '환경결정론'을 모두 공감하지 않지만 좋은 환경이 이질적 요소의 개입으로부터 그 자체의 균질을 온전히 보존할 가능성이 큰 것은 움직이지 못하는 진실이다.

배불리 밥을 먹고 평소보다
조금 더 착한 주인의 눈빛을 전송받으며 우리는
집을 나와 그렇게 오래된 집을 나와 햇빛 사이를 걷는다
태어나서 처음 보는 태양과 햇살을 몽둥이처럼
전기 고문처럼 받으며 어디론가 간다
기로마저 차단된 행운 없는 이 길
오직 한 길
구름다리
아, 이곳이 인간이 인간을 줄 세웠던
아우슈비츠의 청명淸明이구나

마지막 변신이 가능한 수습의 공장이구나

태어나서 처음으로 배불리 먹고

처음으로 햇빛 쏘인 날

선홍 환부가 꽃으로 도장꽃으로 번지던 날

우리는 어디론가 간다

꿈과 행복을 가득 안고

— 졸시, 「구제역-화려한 외출」

2012

노무현

저것은 벽
어쩔 수 없는 벽이라고 우리가 느낄 때
그때
담쟁이는 말없이 그 벽을 오른다.
물 한 방울 없고 씨앗 한 톨 살아남을 수 없는
저것은 절망의 벽이라고 말할 때
담쟁이는 서두르지 않고 앞으로 나아간다

— 도종환, 「담쟁이」 부분

한 사람을 추모하고 그리워하는 마음이 저렇게도 절절할까. 추모의 대상은 전직 대통령 '노무현'이다. 대개 추모의 정이 각별한 경우는 자신과 직접 관계가 있을 때다. 더구나 추모 대상이 사적 특별함으로 맺어진 관계가 아니라 공적 대상으로 그저 먼 거리에서 바라만 보게 되는 대통령이 아닌가. 이런 점에서 노무현을 향한 추모는 한국 정치 환경에서 매우 예외적 현상이다.

영화 「노무현입니다」는 다큐멘터리 형식으로 제작되어 2002년 새천년민주당 16대 대통령 선거 경선에서 지지율 2프로로 출발, 파란을 일으키며 결국 대통령 후보와 대통령으로 선출되는 기적 같은 드라마를 연출한 그의 정치 이력을 담았다. 영화의 끝 장면은 불행한 죽음을 맞이한 그의 슬픈 삶이 수많은 만장輓章과 함께 에필로그로 처리된다. 이 장면은 영화 중간중간에 참여정부 당시 그와 국정을 이끌었던 참모와 주변인들이 그를 추억하는 장면과 더불어 관객들의 감성을 어김없이 뒤흔들며 극장 안 여기저기를 온통 흐느낌으로 물들게 한다.

국민들이 노무현에 대하여 관심을 갖게 된 계기는 경선 이전인 88년 '5공 청문회' 때 불의를 향한 분노와, 이후 지역주의를 깨기 위해 자신을 던진 그의 일관된 신념 때문이었다. 국민들은 그를 통해 정치의 새로운 희망을 보았다. 그의 정치 인생은 특권에 저항한 다윗의 무모한(?) 열정이었으나 이 열정으로 인해 그는 국민들 마음에 깊은 인상으로 남았다.

국민들이 그에게 갖는 마음은 개인마다 다르지만, 크게는 '미안하다'는 윤리적 죄책감으로 일종의 '부채의식'이 크게 지배한다. 이러한 정서는 지켜 주지 못해서 미안하다는 소위 '지못미'의 깊은 회한으로 연결된다. 그때는 몰랐지만 지금 와서 돌이켜 보니 당신이 그렇게 추구하려던 가치가 옳았다는 때늦은 후회가 그를 향한 애절한 그리움의 원형인 셈이다.

노무현은 견고한 욕망이 판을 치는 한국 정치에서 너무 일찍 온 '천재'였다. 욕망이 범람하는 누항陋巷의 관습은 그를 이방인으로 취급, 철저하게 소외하여 끝내 고사시켰다. 천재가 적응하기에 이 땅의 정치는 너무 잔인했다. 그가 추진하는 정책은 사사건건 빨간 전위성으로 도배되기 일쑤였고, 서민적 언행은 권위를 허무는 가벼움으로 치부되었다. 고금을 막론하고 문학이든 정치든 일찍 온 천재들은 어김없이 '요절'하고 말았다. 별이 아스라이 멀 듯이…….

정치인에게 '가치'와 '실용'은 양수겸장의 성격을 갖는다. 가치는 비전으로 미래와 연결되며 실용은 현실로 당장 체감으로 나타난다. 가장 이상적인 정치 효과는 지향하는 가치가 실용의 결실을 맺을 때지만, 불행히도 현실 정치에서 이 둘의 관계는 공생하지 못한다. 노무현은 가치를 선점하고 그 가치 실현을 위해 헌신했던 대통령이다. 가치는 그 특유의 거시적 성격으로 현실 생활을 즉각 담보하지 못해 기다림을 포기하게 만드는 약점을 갖는다. 언젠가는 가야 할 길이라며 방향에 대한 의견은 이구동성이지만, 그 가치가 자신에게 피해를 주면 지금은 적기가 아니라며 경솔과 선부름을 일반화한다. 누군가는 척박한 땅에 깃발을 꽂아야 하며 깃발을 꽂는 시기가 따로 있지 않다. 일찍 꽂을수록 깃발은 뒤에 올 새로운 역사의 분명한 이정표가 되기 때문이다. 이런 의미에서 가치를 선점한 노무현은 세월이 가면 갈수록 역사 속에서 끊임없이 부활하며 갱신될 게다. 요절한 천재가 낳은 내일이 역사가 됨을 나는 믿는다.

지금도 잊지 못한다. '2009년 5월 23일'은 모교(청주대학교)에서 학회(한국국어교육학회)가 개최되는 날로 내가 발표가 예정된 날이었다. 처음 학회에 데뷔하는 날이라 며칠 전부터 긴장하며 발표 준비를 해온 터였다. 청천벽력의 비보는 학교로 향하는 차 안 라디오에서 흘러나왔다. 급히 차를 세우고 약국에 들러 진정제를 사서 먹었지만 뛰는 가슴을 진정시킬 수가 없었다. 그를 향한 내 부채의식은 세 살(당시) 된 딸의 미래를 위해 봉화에 안식이 된 그의 무덤 앞 '박석'에 쓴 글로 조금이나마 슬픈 마음을 달랬다.

올해에는 서현이와 함께 꼭 봉하에 다녀올 계획이다. 박석에 기록된 자신의 이름과 아빠의 바람을 본다면 서현이는 분명 16대 대통령 노무현을 특별하게 기억할 것이다. 영원히 추모될 역사의 공간에 자신의 이름도 함께한다는 사실은 아이에겐 무엇과도 바꾸지 못하는 자긍심일 테니까. 다큐 영화라서 다소 지루할 만도 할 텐데 서현이는 끝까지 진지했다. 어느덧 딸의 10살 인생이 대견하고 눈부신 5월을 지난다.

2017

나비의 꿈—명성황후 1

아무도 그에게 수심을 알려 준 일이 없기에
흰나비는 도무지 바다가 무섭지 않다.

— 김기림, 「바다와 나비」 부분

세상의 모든 생명이 생명으로서 실질적 기능을 하기 위해서는 반드시 밟아야 할 과정이 존재한다. 나비 또한 '애벌레 → 유충 → 번데기 → 성충' 등 네 단계의 변이 과정을 거쳐 나비라는 '완전체'로 거듭난다. 성충이 곧 완전체인 나비이므로 엄격히 말하면 세 단계인 셈이지만 왠지 나비는 나비이기 때문에 성충 단계의 분투와 구분하여 특별하게 보고 싶은 마음이 든다. 인고로 얻은 최종 결과인 나비의 위대함을 돋보이게 하고픈 마음이다. 어쩌면 나비는 변이 과정을 통해 쟁취한 가장 빛나는 전리품인 셈이다.

나비는 보통 '자유'의 상징으로 읽힌다. 어디에도 얽매이지 않고 꽃이 있는 곳이라면 주유천하周遊天下하기 때문에 동서고금을 통해 나비는 수많은 묵객들의 동경과 지향의 대상이었다. 사람으로 치면 자유인이요, 더 나가면 '한량'쯤 될까. 아름다운 자태와 맵시는 자유에 부과되는 치명적 매력으로 주변을 유혹하기에 부족함이 없다. 그렇기 때문에 현실에 구속된 인간은 나비의 이런 무애無碍에 자신을 투사하여 현실의 제약과 억압을 초월하려 했던 게다. 그러나 나비는 이 변화 과정에 적응하지 못하면 바로 도태, 생명 완성의 결정체가 되지 못한다. 그러니까 '나비의 꿈'은 나비에게 투사된 뭇사람들의 자유 열망을 담고 지금 이 순간 결핍을 견디는 희망이 된다.

이런 면에서 나비는 도래해야 할 꿈이며 꿈꾸었으나 중간에 꺾인 희망을 다시 노래하는 부활의 날개인 셈이다. 성장 과정에서 보이는 뚜렷한 분리와 변곡점이 화려한 나비 일생의 숨은 이력과 극적으로 조우하며 연동되기 때문에 나비의 꿈은 사람들 사이를 전유한다. 암흑으로 점철된 곤충의 서식지에서 나비는 어둠을 뚫고 비상하는 곤충의 오래된 꿈이며 궁극이다.

'명성황후'의 꿈도 바로 부국강병富國强兵을 꿈꾼 나비였을 것이다. 불행히 중간에 꺾인 그녀의 꿈은 미완으로 우리에게 다시 그 꿈을 이어 가길 재촉하는 비상의 날개로 다가온다. 내가 명성황후에게 관심을 갖게 된 계기는 김수영의 시 「거대한 뿌리」에 나오는 서양 이름 '이사벨라 버드 비숍Isabella Bird Bishop(1831~1904) 여사'라는 이름 때문이다. 이사벨라 버드 비숍은 영국왕립지리학회 최초의 여성 회원이며 여행 작가로,

1894~1897년 동안 네 번 조선을 방문, 11개월 동안 당시 조선을 구석구석 여행하면서 한국인의 생활상을 깊게 관찰한 후 귀국해 『조선과 그 이웃나라들Korea and Her Neighbors』이라는 기행문을 남겼다. 기록의 부재로 우리 역사를 제대로 조망하지 못하는 현실에서 서양인의 눈에 비친 당시 조선의 가감 없는 기록과 사진은 가히 놀라움 그 자체다. 우리가 알지 못했던 우리 얘기가 고스란히 담겼다. 비숍 여사는 이 책에서 조선인의 생활에 후진성을 거론하며 비판적 입장을 견지한다.

김수영은 「거대한 뿌리」에서 우리는 우리의 독특한 전통이 있고 그 전통에 의지하며 살아가는 한 그러한 후진성을 부끄러워하지 말고 긍정의 기초 위에서 새로운 전통을 만들어 가야 한다고 얘기한다. 마치 내 태생이 불합리하다고 바뀌지 않듯 현실을 인정하고 그 현실의 바탕 위에서 그것을 새롭게 발전, 극복하는 방법이야말로 거대한 뿌리의 힘임을 역설한다. 근대 문명의 여명기로 원시성이 상존하는 조선의 모습을 부정적으로 그린 서양을 상징하는 비숍 여사에 대한 일종의 반론의 성격이 짙은 시다.

내가 주목한 것은 비숍 여사가 쓴 책에 명성황후에 대한 '인상기'가 나오는 대목이다. 네 번 방문한 동안 비숍은 명성황후를 네 번 알현했다. 서양인의 편견 없는 눈으로 본 명성황후는 과연 어떤 모습일까. 읽는 내내 가슴이 떨리며 묘한 흥분을 감추기 어려웠다. 늘 역사 논쟁의 중심에 서 있는 불세출의 대한제국의 황후, 그러나 사진 한 장 없어 더욱 상상에 의지해야만 하는 여걸의 풍모를 비숍의 인상기를 통해 재구성해 보는 일은 그 자체로 드라마틱했다. 명성황후의 모습은 실제 풍문으로만 떠돌던 그녀 얘기와 조응하는 면이 많았다.

> 왕비 전하는 그 당시 40세가 넘었으며 매우 멋있어 보이는 마른 체형이었으며 머리는 윤기가 흐르고 칠흑같이 검었으며, 얼굴빛은 상당히 창백했는데 그 창백함은 진줏빛 분을 발라 더욱 희게 보였다. 눈은 냉철하고 예리했으며 반짝이는 지성미를 풍기고 있었다. 그는 옷을 매우 잘 차려 입었으며, 진한 남빛의 아름다운 무늬를 넣어 짠 비단 치마를 입고 있었으며 치마는 발끝까지 길고 주름이 크게 잡혀 있었다. 저고리는 소매가 넓었으며 비단에 심홍색과 푸른색으로 무늬를 넣어 만든 것이었다. 그는 산호로 장미 장식을 만든 목걸이를 걸고 있었으며, 여섯 개의 심홍색과 푸른색 천으로 띠를 두르고 있었다. 그 각각의 띠에는 심홍색 비단 술과 장미 장식이 달려 있었다. 머리 장식으로는 왕관을 쓰지 않았고 모피로 가장자리를 단 검은 비단 모자를 쓰고 있었다. 모자의 앞쪽에는 산호로 장식한 장미와 붉은 술이 달려 있고 양편에는 보석으로 가지 모양의 장식이 달려 이마 앞까지 내려오도록 되어 있었다. 신발은 옷감과 똑같은 비단

으로 만든 것이었다. 그가 말을 하기 시작하자, 특히 대화에 관심을 갖게 되자 그의 얼굴은 환하게 밝아졌다.

—I. B. 비숍 지음, 신복룡 역주, 『조선과 이웃 나라들』, 246쪽.

3주 동안에 나는 세 번 더 그곳에 갈 수 있었다. 두 번째는 지난번과 마찬가지로 언더우드 여사와 함께 갔으며, 세 번째는 형식적인 리셉션 때문에 갔으며, 네 번째는 엄밀하게 말해서 사사로운 면담을 위해 갔다. 그때마다 나는 왕비의 우아하고 매력적인 예의범절과 사려 깊은 호의, 명랑함과 예리함, 그리고 놀랄 만한 그의 화술에 상당히 깊은 인상을 받았다. 통역자를 통해 나에게 전달되기는 했지만 그의 화술은 상당한 것이었다. 나는 그의 정치적 영향력이나 왕과 다른 사람들을 다스리는 그의 영향력에 놀라지 않았다.

— 위의 책, 249쪽.

비숍이 명성황후를 본 인상기는 이처럼 눈앞에서 보는 것처럼 생생하다. 왕비의 품격에서 풍기는 아우라는 감히 범접하지 못하는 권위와 카리스마를 느끼게 한다. 이러한 기품이 부드러운 배려와 균형을 이루지 못할 경우 자칫 강한 경직으로 흐르기 쉬운데, 명성황후는 이를 절묘하게 조화시킨다. 인성이 도달하고픈 최고의 지성미인 '강유겸전剛柔兼全'의 풍모다.

명성황후는 우리가 서구나 중국 역사에서만 보았고 동경했던 완벽한 현대 여인상을 구현한 인물로, 잃어버린 우리 역사 속 여인상이 재림한 인물처럼 보인다. 보수적 미덕인 순종順從이 한국 여인상의 전부였다고 믿었던 역사에서 이처럼 우아하며 격조 높은 여인의 존재는 분명 새로운 발견이다. 물론 보수적 여인상이 주류를 이루었던 건 조선시대의 이념화된 유교 때문이며 신라와 고려에서는 보다 개방된 의식의 여인들이 존재했다. 선덕여왕과 진덕여왕 드라마에서 선보인 미실, 그리고 고려 천추태후 등은 한정된 사료 속에서 당당한 품격을 그릴 만한 행간을 갖는다.

명성황후는 상상의 영역에서 재구성된 이들과는 달리 앞에서 우리가 봤듯이 구체적 증언과 인상기를 통해 보다 명징한 모습으로 우리 앞에 선다. 명성황후는 현재와 가장 가까운 근대의 대표적 풍경 중 하나다.

2015

나비의 꿈—명성황후 2

이 삶이 다하고 나야 알 텐데
내가 이 세상을 다녀간 그 이유를
나 가고 기억하는 이
내 슬픔까지도 사랑했다 말해 주길

— 강은경 작사, 조수미 노래, 「나 가거든」 부분

"나는 조선의 국모다."

어디서 많이 들어본 비장하고 결기 넘친 말이다. 이 말의 주인공은 조선 26대 왕 고종의 정비이며 대한제국의 국모인 '명성황후'다. 우리에겐 '민비'로 더 익숙한 천한 왕비의 대명사다.

명성황후는 1895년 10월 8일(음 8월 20일) 새벽 5시에 미우라 고로 조선 주재 일본 공사의 사주를 받고 고용된 40여 명의 일본 낭인浪人들에게 그녀의 거처인 건청궁乾淸宮 옥호루玉壺樓에서 처참한 죽임을 당했다. 이 사건의 배후에 총리 이토 히로부미와 전 공사였던 이노우에 등 일본 정부 차원에서 계획한 음모가 있었음은 자명한 일이다.

"나는 조선의 국모다."라는 말은 당시 그녀가 저들의 칼 앞에 비굴하지 않고 당당하게 자신의 나라와 지위를 준엄하게 밝히며 극악한 흉계를 질타했던 형형한 사자후였다. 왕조 국가에서 나라와 자신을 동일하게 여긴 것 자체가 그리 놀랄 일은 아니지만, 여성이 나라와 자신을 온전히 하나의 동일한 정체성으로 호기롭게 천명한 것은 결코 범상한 일이 아니다. 천하의 왕비라도 마찬가지다. 그것도 인간의 나약함과 추악한 본성이 가장 적나라하게 드러나는 생과 사의 갈림길에서.

이 상황 하나만을 놓고 봐도 그녀가 결코 예사로운 인물이 아니라는 것이 확인되는 장면이다. 실제 그녀가 이 같은 절체절명의 순간에 이런 말을 했는지는 확인할 길이 없다. 다만 망국으로 기우는 현실을 타개하고자 고뇌했던 그녀의 삶을 되돌아볼 때 죽음 앞에서조차 결연한 의기가 있었을 것이란 기대를 포기하고 싶진 않다.

'황후'란 칭호는 그녀가 죽은 후에 '대한제국'으로 국호가 바뀜으로써 사후 서인으로 강등된 그녀를 다시 복호한 후 붙여진 추봉이다. 그녀는 시해당한 후 경복궁 뒤편의 건청궁 동쪽 녹원鹿園에서 석유로 불살라져 소각되었으며, 살해 후 차마 입에 담기 참담할 정도로 유린을 당했다. 명성황후에겐 화장火葬도 차라리 융숭한 사치였던 것이다. 지금 생각해도 일국의 왕비를 능욕한 전대미문의 천인공노할 대사건이었다. 이것이 기왕 알려진 명성황후의 매우 슬픈 죽음에 관한 정사正史다.

그러나 한편으로는 명성황후가 죽지 않고 변복을 한 후 궁궐을 빠져나가 목숨을 부지했다는 설들도 존재한다. 주장의 근거는 당시 조선에 주재하던 외국 공사들이 본국에 보낸 외교문서(2013년도 정상수 한국방송통신대학교 교수가 '독일 외교부 정치문서보관서'와 '영국 국립문서보관서'에서 발굴 공개함)가 공개되면서 작은 추론이 가능해졌다. 단순히 근거 없는 설로 치부하기에 무리가 있을 만큼 공식 문서로 타전한 내용들 속에 생존 가능성을 유추하거나 직접 거론된 구절들이 명시되었다.

이러한 설을 뒷받침해 주는 또 하나의 근거로 시해 전에 일어났던 '임오군란'(1892)을 주목하게 된다. 그녀는 궁궐에 침입한 구식 군대 병졸들을 피해 '장호원'으로 탈출하여 구사일생으로 목숨을 건진 일이 있는데, 이러한 경험을 바탕으로 한 학습효과를 통해 늘 목숨이 위협받는 상황을 대비했다고 보는 것이 합리적이다. 고종과 명성황후가 왕과 왕비의 전통 침소인 강녕전康寧殿과 교태전交泰殿에 머물지 않고 경복궁에서 가장 깊숙한 북쪽에 위치한 건청궁에 기거한 이유가—대원군에게 정치적으로 독립하기 위한 상징적 의미도 갖지만—신변 보호를 위해 선택한 나름의 궁여지책이었던 점도 환기해야 한다.

명성황후는 구한말 권력욕의 화신으로 친인척을 내세워 나라의 근간을 흔든 망국의 원인자 중 으뜸으로 꼽히는 인물이다. 이후 정사에 대한 일반론에 의문을 제기하는 사람들이 등장하며,

명성황후는 백여 년 동안 일방적으로 은폐 왜곡되었던 민비라는 일개 미천함을 벗어 버리고 명실상부하게 황후 자리로 복귀하는 기회를 맞는다. 기존의 부정 일변도의 편향성이 균형 잡힌 시각으로 교정되기 시작한다.

이 같은 흐름은 명성황후에게 덧씌워진 부정적 인식이 일제의 교활한 '식민사관'의 일환이었다는 데 기인한다. 구한말 조선의 상황은 일반 역사는 물론이거니와 명성황후시해사건도 국제관계의 역학적 측면에서 왜곡됐을 개연성이 크다. 그들이 자신들의 행동을 정당화하려면 명성황후의 죽음을 폄훼하거나 격하해야 최소한의 면피가 되기 때문이다.

실례로 살인에 가담한 낭인 40여 명도 소위 '깡패 집단'이 아닌 대부분 '지식인들'이었다. 낭인이 한 우발적 행동이라고 특정해야 일본 정부가 책임을 면하는 까닭이다. 상식적으로 일본 입장에서 주권국 왕비를 죽이는 엄청난 일을 저질러야 한다면, 거기엔 그들 나름대로 내부의 필연성이 있었을 것이다. 주변국에게 호응받거나 용인되기 어려운 일을 알면서 자행했다는 것은 명성황후를 제거하지 않고는 자신들의 목적을 달성하기 어려웠기 때문이다. 이를 바꾸어 말하면, 명성황후는 망국의 벼랑 끝에서 조선을 구하기 위해 일제의 교묘한 책략을 간파, 오늘날로 보면 '균형 외교'(특히 러시아)를 통해 일본의 조선 침략 야욕을 견제한 여걸이다. 일본에게 명성황후는 조선을 차지하는 데 큰 걸림 돌이었던 것이다.

역사에 적시된 명성황후의 과를 부인하지 않으나 그렇다고 풍전등화의 구한말의 현실에서 그녀가 조선을 구하려고 몸부림쳤던 사실을 일부러 외면할 필요도 없다. 어떤 위정자든 후세 역사를 위해 그 공과를 객관적으로 평가받을 의무가 있다. 명성황후의 억울함은, 아니 그녀에 대한 재평가는 그 후로도 오랫동안 그녀를 환대하거나 진실을 말해야 할 필요가 없는 세력들에 의해 유폐된 게 사실이다. 유교문화 특유의 가부장적 관습은 미증유로 밀려오는 거대한 서양 문명의 파고波高를 선제적으로 수용하기 위해 기존과 대립했던 한 여인에 대한 평가에 지나치게 인색한 태도로 일관했다.

따라서 지금 우리 앞에 새롭게 다가오는 철의 여인 명성황후에 대한 '마중'은 그동안 우리를 지배했던 이러한 편견과 고정관념을 밀어낸 자리가 되어야 한다. 나라와 민족이 존재하는 한 '대외관계'는 이외의 다른 모든 변수를 상쇄하는 가장 중대한 생존의 조건이다. 지금 우리의 현실과 견주어도 불변이다.

이제야 비로소 알았다. '여우'가 사냥당한 일은 '교활'하기 때문이 아니라 '칼'을 능가하는 '총명'함 때문이란 것을. 예나 지금이나 총명함은 그 총기로 인해 자신의 민낯이 드러나는 것을 두려워하는 무리들의 불편한 시선이란 것을. 사냥이 만들어 낸 교활은 애초부터 여우가 아닌 피를 유희처럼 즐기는 '사냥꾼' 자신의 '욕망'이었다. 순화되지 못한 욕망의 배설이야말로 타인은 물론 자신을 파멸로 이끄는 윤리적 필연성으로 이어지게 되는 것이 역사의 교훈임을 상기해 본다.

2015

과유불급

무슨 욕망이든
충족되지 않는 상태는 즐길 만하다.
그 상태는
충족에서 얻을 수 있는 것과 비교할 수 없는
또 불만에서 얻을 수 있는 것과 비교할 수 없는

— 정현종, 「충족되지 않은 상태의 즐거움」 부분

성적 평가는 매학기마다 치르는 의례이며 고충 또한 만만치 않고 그로 인해 벌어지는 일화들이 적지 않다. 성적 인플레이를 걱정하는 목소리가 커 성적이 취업에 큰 변수가 안 되는 현실인데도 학생들이 성적에 보이는 반응은 결코 가볍지 않다.

이러한 이유는 학생들의 강박증이 작용한 탓으로 보인다. 취업과는 별개로 우열의 문제가 최종 사실로 확정되는 일을 불안하게 생각하며, 결국 취업 현장에서 평가자의 잣대가 참고 수준 그 이상으로 활용될 개연성을 스스로 예단하기 때문이다. 매학기 종강 이후 학생들의 전화로 한동안 몸살을 앓는다. 종강 수업에서 미리 전화하지 말라고 엄포(?) 아닌 엄포를 놓지만 별무소

득인 경우가 허다하다. 합리적 문제 제기는 권장되어야 하지만 그만큼 평가가 정확하다는 내 스스로를 신뢰하는 자신감의 발로이기도 하다. 세상 모든 평가는 객관성과 엄중함이 선행되어야 한다.

더구나 영구 자료로 확정하는 평가는 깨알을 세는 심정으로 심혈을 기울인 고민의 결과물이어야 한다. 한 사람의 특정 시기의 삶을 수치로 환산하는 일은 분명 내키지 않는다. 그렇다고 현실적으로 피해 가지도 못하기 때문에 그 위험을 되도록 줄이기 위하여 하는 일이 수치가 개인 삶을 좌우하지 못하도록 숙고하는 일이다. 전공 평가는 교양보다 애로 사항이 덜한 편이다. 교양학부 교수들 얘기를 들어보면 그 고충이 실감난다. 교양은 전공의 중압감과 달리 가벼운 마음(?)으로 들어도 된다는 근거 없는 자율 선택이 주는 장점이 있다.

그러나 이러한 가벼운 자율이 곧 점수의 무관심과 방임으로 이해되는 요소는 아니다. 이질 집합체이기 때문에 오히려 전공보다 자신에게 부여하는 스스로의 기대치가 이유 없이 크게 작동하는 특징을 보인다. 전공은 교양보다 수강 인원이 적어 수업하는 동안 친밀감을 바탕으로 개개와 소통이 가능하므로 미리 평가를 공유하면서 수업을 한다. 평가에 대한 기대 편차를 줄이면서 수업을 하는 까닭에 최종 성적이 나와도 수긍을 하는 편이다.

그런데도 간혹 전화나 문자를 하여 성적의 근거를 묻는 학생들을 본다. 학생 입장에서는 나름대로 합리적 문제 제기를 하는 것일 텐데 대개는 개인의 주관적 기대치에 근거를 둔 '항변'인 경우가 많다. 항변의 근거는, 예컨대 보고서를 제때에 제출했고 출석도 성실했으며 수업 태도도 모나지 않았다는 것에 둔다.

이러한 항변이 설득력을 지니려면 외면적으로 수행한 과제가 다른 학생과 변별력을 가져야 한다. 다른 학생 과제물과 출석률, 그리고 수업 태도가 일정 수준 이하일 때 힘을 얻는 항변이라는 점이다. 성적 평가의 주요 근거가 되는 과제를 수행하는 데 해당 학생들의 과제 이행이 차별을 두지 못할 정도로 균일하다면 그것은 우열의 근거로 작용하지 못한다. 일반 기준을 폐기하고 새로운 내용을 근거로 한 걸음씩 세부로 더 들어가 평가를 해야 우열이 드러난다. 그러니까 항변하는 학생은 평균적이며 일반적 수준에서 자기 기대치를 투영하고 있기 때문에 현실과 큰 오류가 생기는 게다. 채점을 하는 교수는 이렇게 이의 제기를 하는 학생들을 위해 점수를 준 근거를 명확하게 수치로 남겨 이의 제기에 대비, 납득의 자료로 삼는다. 물론 난무하는 '창槍'을 진정시키게 하는 도구는 난공불락의 설득의 방패가 아니라 '경청'임은 불문가지다.

교수 입장에서 가장 화가 나는 학생은 'A'를 받았는데 왜 'A+'를 안 주었는지 그 근거를 묻는 학생이다. 이런 경우엔 언어도단이며 학생을 납득시키고자 하는 마음도 사라지고 갑자기 막막해진다. 학생의 경우에는 당연히 학칙에 보장된 권리를 행사한 것이지만 많은 부분에서 적지 않은 문제점을 보인다.

위에서 언급한 대로 요구한 과제 이행을 충실히 수행했다는 '성실의 오류'가 학생의 용기를 추동했을 것이며 이런 근거가 지나친 욕심으로 이어진 게다. A는 교수 입장에서 준 최대치의 점수다. 높은 점수는 그 희소함 때문에 소수가 받는 점수일 수밖에 없어 되도록 규정이 허락하는 선에서 인원을 증감하려 애쓰는 게 인지상정이다.

이 얘기를 뒤집어 말하면, A를 받은 학생이 당초에 A가 안 되는데도 학칙이 허락하는 한에서 교수 재량으로 성적을 상향 조정한다는 점이다. 기왕이면 가능성에 무게를 두고 긍정적으로 생각한 결과다. 학생들에게 이러한 세세한 부분까지 기대한다는 일은 희망 사항일 테지만 나쁜 것은 되도록 피하고 좋은 일은 하나라도 더 보태 주고 싶은 게 교수의 마음이다. 더 나아가 감히 누구를 평가하는 지위를 부여받은 사람의 마음속엔 항상 지엄함과 두려움이란 검劍이 존재한다.

사랑하는 애들아! A+는 받지 못할 점수는 아니지만 그렇다고 아무나 받게 되는 점수 또한 아니란다. A+는 상상의 점수요 별처럼 꿈을 꾸는 소망의 점수란다. 그 별이 있음으로 길을 찾는 나그네가 좌표를 설정할 수 있듯이, 너희들도 누구나 꿈을 꾸면 도

달하게 되는 고지高地이기도 하단다. 당연히 이를 위한 수고와 헌신이 전제되어야 하겠지.

부디, 불꽃 같은 치열함으로 학점이란 미완의 평가가 만들어낸 불편한 산물을 박차고 뛰어넘는 당찬 기백을 갖길 희망한다. 점수는 점수일 뿐, 감히 주체적 개인을 점수로 규격화시킨 세상에 냉소적 웃음을 던져 다오.

2018

김해 기행

사랑한다는 것은, 먼지로 흩어진 것들의 흔적 한 톨까지도
끝끝내 기억한다는 것
잘한다는 것은 죽은 자를 영원히 잊지 못한다는 것,

— 이영광, 「호두나무 아래의 관찰」 부분

아내와 딸 서현이 셋이서 '김해'를 다녀왔다. 목적지는 '김해시 진영읍 봉하로 107번지', 옛 주소로는 '본산리 93번지'. 사람들은 이 마을을 '봉하 마을'로 부르며 동시에 어떤 한 인물을 떠올린다. 그가 바로 '대한민국 제16대 대통령 노무현'이다. 봉하가 노무현이고 노무현이 봉하인 셈이다. 봉하는 행정 지명을 떠나 이제 시민들의 삶 속에서 민주 가치가 발현하거나 지향하는 특별한 장소가 되었다.

그의 비극적 죽음 이후 그를 향한 부채 의식이 원인이 되거나 혹은 그가 추구하고자 한 세상을 염원하는 꿈이 모여 봉하는 이 땅의 보통 사람들의 민주 성지로 거듭났다. 봉하 기행은 그동안 미루어 온 '숙제'였다. 한 번은 꼭 다녀오고 싶었던 장소였고 또 다녀와야 하는 곳이었다.

이 말 속에는 여러 가지 복합적 의미를 내포한다. 먼저 한국 정치에서 그가 등장하고 퇴장한 일은 무엇보다 강렬하고 극적이었으며 치열하고 불꽃 같은 뜨거움이자 너무도 아쉽게 여운을 남긴 짙은 그리움이었기에 그 촉감을 느껴보고 싶었다.

또 하나는 서현이가 세 살 때(2009) 그 사건 이후 묘지 조성 기간에 신청한 국민 참여 '박석' 만 오천 개를 모집할 즈음 내가 딸의 이름으로 새겼던 박석을 딸과 함께 직접 확인하고 싶어 더욱 오고 싶은 장소였다. 서현이도 어느덧 초등학교 4학년으로 예비숙녀 티가 물씬할 만큼 시간이 그렇게 흘렀다. 묘역은 삼복에도 아랑곳하지 않고 많은 추모객들이 끊이질 않았다. 진영읍에서 한참 외진 산간 지역인 줄 알았는데 묘역은 의외로 진영 읍내에 조성되었다. 꼬마 노무현이 아주 산골 촌놈(?)은 아닌 게다.

추모객들은 삼삼오오 짝을 지어 매우 자연스럽고 일상의 모습으로 그를 추억하고 있었지만, 한편으로는 숙연하면서도 잔잔한 가운데 저마다 생각에 잠기는 모습들이었다. 조화를 파는 아주머니에게 물어보니, 올해에는 추모객들 표정과 행동들이 전보다 눈에 띄게 편하고 가벼워졌다고 했다. 아마도 정권 교체가 이루어졌기 때문일 게다. 그만큼 지난 9년 동안 폄훼와 왜곡의 상처가 깊었다는 반증일 테고.

이렇게 지난 9년은 정치도 그리고 시민에게도 시간을 초월하여 참으로 야만스러운 망극罔極의 세월이었다. 묘역 입구에서 찾은 서현이의 박석을 확인하는 순간의 짜릿함은 말로 형언하기 어려운 감격이었다. 젖 냄새가 여전했던 세 살배기 아기가 어느덧 초등학생이 되어 딸의 이름으로 아빠가 새긴 박석의 글씨를 역사의 현장에서 처음으로 확인하는 순간이었다. 천방지축인 서현이도 이 순간만큼은 숙연한 모습을 보였다. 길이 보전할 자리에 자신의 이름이 비석처럼 영구하다는 자부심은 그에게 두고두고 생을 가로지르는 '그윽함'으로 살아 움직일 게다.

바라건대 거창한 것이 아닌 생활 속에서 건강한 민주 시민으로 이웃과 더불어 소소함을 나누며 살아가기를 바랄 뿐이다. 세월이 흐를수록 서현이는 기억하겠지. 그때 그 무더운 여름날 생전 처음 가 본 봉하와 그곳에 잠들었지만 여전히 살아 있는 한 사람을……. 생가를 돌아 나오는데 마루 천장 구석에 옹기종기 앉아 고개를 내민 제비 가족을 보았다. '강남 갔던 제비도 때가 되면 돌아와 안식을 찾는데 왜 사람은 한번 가면 다시 돌아오지 못할까.' 해가 이울고 발길을 돌리려 할 때 어디서 보았던 바람이 볼을 스쳤다. 순간 서현이가 들었던 노란 '바람개비'가 서서히 날갯짓을 했다. 나비를 본 건 그때였다. 사람들 가슴속에 기억되는 한, 죽었다는 비가역적 사실이 무슨 힘을 발휘하게 될까. 그가 사는 곳은 시간이 무화된 영원한 동산인데.

"서현아! 이런 대통령이 있었다."

2017

보라색 아카시아꽃

못 보던 나무에 못 보던 새가 앉아 있었습니다.
다시 보니 내가 있기 전부터 있었던 새, 굽이굽이
대대로 날아온 새였습니다.

— 신대철, 「새와 별」 부분

일상은 하루하루가 쌓인 '적층積層'이며 그 시간의 켜는 개인 삶에 매 순간 다른 모습으로 각각 기억되거나 경험된다. 이 같은 이유는 동일한 시간 속에 수렴하는 인식의 틀이 다르기 때문이다. 예컨대 눈으로 식별되는 감각을 전체로 오인하며 살거나 전체를 부분으로 축소하는 경우가 많은데, 기실 삶을 둘러싼 자연은 한시도 머물지 않고 우리가 의식한 관성의 경계를 허문다는 사실을 생각할 때 인식의 틀이라는 게 얼마나 불완전한 것인지 새삼 실감한다.

며칠 전 동료 직원이 흥분한 목소리로 다가와 "붉은색 아카시아꽃을 본 적이 있느냐?"라고 물었다. 그에게 돌아간 대답은 "아니요. 그런 아카시아꽃도 있어요?"라는 반문이었다. 이 반문 속에는 '아카시아꽃은 두말할 것도 없이 하얀색이 아닌가요.'라는 생뚱맞은 질문에 대한 강한 힐난의 의미도 포함되어 있다. 직원은 내 말에 당연히 그럴 줄 알았다는 표정을 지으면서 어떤 비밀스러운 것을 보여 주려는 듯 흐뭇한 미소를 띠며 따라오라고 앞장을 섰다. 따라가 보니 정말로 붉은 아카시아꽃 여러 그루가 돌올하게 피어 있는 게 아닌가. 꽃이 있는 장소가 사무실 입구 초입의 냇가 근처였다. 자세히 보니 붉은색은 아니었고 '보라색'이었다. 직원이 붉은색이라고 말한 건 하얀색과 대비되는 색을 찾다 보니 빨간색을 말한 것일 게다. 그만큼 아카시아꽃은 하얀색에 기원을 둔 꽃이다.

매일 출퇴근하면서 '나는 왜 보라색 아카시아꽃을 보지 못했을까?'라는 의문이 들었다. 물론 사무실 입구에서 우회전하여 들어오기 때문에 우회전 지점을 지나 전방 30미터 앞 벚나무에 가린 꽃을 보기 어려웠을 게다. 또 이곳이 출퇴근의 종착지이거니와, 위쪽으로 딱히 차를 몰고 더 올라갈 일도 없기 때문이라며 내 자신의 좁은 시야를 일단 합리화해 본다.

스마트폰으로 검색을 해 보니 드물지만 보라색 아카시아꽃이 있다고 한다. 있지만 드문 꽃이라는 데 위안을 삼으며 사진을 찍어 사무실로 들어와 친구들과 SNS를 통해 공유를 했다. 나만 모르고 있던 '숙맥菽麥'은 아닌지 짐짓 너스레를 떨며 전송을 하니, 역시 대부분 처음 본 꽃이라는 반응들이었다. 그들 덕분에 다행히 숙맥은 면했다.

그중 한 친구는 자신도 며칠 전 여주에서 봤다며 그때 찍은 보라색 아카시아꽃을 보여 주었다. 그 친구는 자신이 숙맥이 아님을 다른 변수와 연계시키지 않고 스스로 증명해 낸 셈이다. 반신반의 마음이었지만 보라색 꽃이 아카시아라는 걸 알고 찍었기 때문이다. 숙맥 언저리도 안 간 자긍심을 한껏 뽐내며 박장대소하는 모습이 눈에 선하다. 다 알고 나만 모르고 있다면 숙맥이지만, 반대로 대부분 모르고 있다면 잠재적 숙맥들은 숙맥의 평균율에 의지, 숙맥을 희석시키며 서로 위안을 삼을 게다.

보라색 아카시아꽃을 어느 정도 거리를 두고 바라보니 분명 시야에 들어왔다. 전방을 주시하는 운전을 하면서 분명 꽃이 시야에 들어왔을 텐데 그 꽃이 아카시아꽃이라는 것을 전혀 생각하지 못했다. 언감생심 보라색 아카시아꽃이라는 것은 고사하고 무슨 꽃인가를 한 번도 생각해 보지 않았던 게다. 벚나무에 가린 것과 우회전하며 들어오는 것이 보라색 아카시아꽃을 보지 못한 타당한 이유가 되지 못하는 게 명백해지는 순간이었다. 출퇴근 길이 단순히 하루의 일용할 양식을 구하러 가는 가장家長의 천근만근의 길만은 아닐 텐데 자연의 변화를 느끼지 못하고 피상적으로 바라보며 다녔다는 아쉬움이 크게 다가왔다.

'철학자의 길Philosophenweg'은 '칸트'만이 걷는 길은 아니었을 게다. 그가 '카를 테오도르 다리Karl Theodor Bruke'를 걸으면 하이텔베르크 '퀘니히스베르그' 마을 사람들은 점심시간으로 알고 시간을 맞추었다고 한다. 칸트의 위대한 사상은 그 길을 걸으며 자연을 관조한 끝에 뽑아 올린 '실크 로드'였다. 시시로 변하는 자연을 정확히 기록하고 기억한 '자연 일기'였던 셈이다.

내일부터 다시 이어질 내 출퇴근 길은 또 다른 보라색 아카시아꽃을 찾기 위한 탐색의 시간이 될 게다. 횟수를 거듭하게 되면 자연스럽게 찾아오는 권태와 무료가 있겠지만, 그보다 먼저 '동공瞳孔'부터 크게 떠야겠다.

2017

여름

엄마와 냉장고

한밤중에 목이 말라 냉장고를 열어 보니
한 귀퉁이에 고등어가 소금에 절여져 있네

— 김창완 작사, 김창완 노래, 「어머니와 고등어」 부분

나는 지금 한 장의 사진을 본다. 사진 뒷장에 '1982년'이라는 숫자가 선명하게 찍힌 걸 보니 32년이 된 사진이다. 세월의 무게로 치면 빛바랜 사진임에 틀림없지만 사진의 해상도는 마치 어제 찍은 것처럼 생생하다. 사진의 주인공은 '엄마'다. 사진 속 엄마는 집 앞 시냇가 돌담 틈 속에 만들어진 샘물 옆에 쪼그리고 앉아 '물김치'와 '얼갈이' 등 여름 반찬을 꺼내는 모습이다. 돌담은 길을 낼 때 축대로 쌓은 돌로 이루어졌는데 그 과정에서 돌이 어긋나며 자연스럽게 생긴 틈이다.

신기하게도 그 틈에 물이 고였고 물은 냇물이 스며든 물이 아니라 다른 쪽에서 흘러나오거나 솟아오르는 물로, 여름이면 상하기 쉬운 음식과 반찬 그리고 수박과 참외 등 과일을 보관하는 우리 집의 요긴한 '자연 냉장고'였다. 사진 속 엄마의 모습으로

집 앞 시냇가 돌담 틈에서 여름 반찬을 꺼내시는 어머니. 1982년 여름.

미루어 보아 아마 요즘처럼 삼복더위가 맹위를 떨치는 무렵으로 보인다.

내가 엄마 사진을 떠올리게 된 일은 친구와의 대화에서 비롯되었다. 그 친구는 초등학교 동창인데 한마을에 살지는 않았다. 친구가 살았던 집은 면 소재지와 가까웠다. 옛날 말로 하면 큰 '신작로'와 인접한 곳이다. 문화의 수혜를 보다 쉽게 받는 지리 조건에서 자란 셈이다. 친구의 후일담에 의하면, 군 소재지 '주산학원'까지 다녔다고 한다. 면 소재지에서 십 리를 더 가는 내가 자란 '깡촌'과는 다른 환경이다. 분명 나보다 한 발 앞서 '촌티'를 벗은 게다.

한동안 이어진 수다는 기억 저편에 묻은 추억의 보따리를 풀게 하더니, 내친김에 냉장고와 TV, 심지어 전기가 들어왔던 때까지 거슬러 올라갔다. 대화를 하다 보니 거의 비슷한 시기에 문명의 시혜를 받은 것을 확인했다. 신작로 근처에서 살았든 깡촌에서 살았든 면장과 양조장 집 아이들이 아닌 한 시골스러운 삶의 조건은 대동소이한 환경일 테니 말이다. 어쩌면 그들 또한 내가 생각했던 것만큼 손이 하얀 백작의 아이들이 아니었을지도 모른다. 시골스러운 환경을 배경으로 성장한 자연조건은 그 자체로 동일한 평균의 체험과 기억을 바탕으로 하기 때문이다.

TV가 귀했던 시절 마을에 TV는 한 집밖에 없었다. 밤이면 밤마다 일일 연속극을 보느라 그 집의 안방은 비집고 들어갈 틈새도 없이 동네 극장이 되곤 했다. 물론 공짜였다. 지금 생각해 보면 하루 이틀도 아니고 주인의 사생활을 고려하지 않은, 참으로 낯이 두꺼운 행동이었다. 주인의 보이지 않는 '눈총'과 가자미 같은 흘김이 없던 것은 아니었지만 매일 모여드는 사람들을 감내해야 했던 주인 입장에선 얼마나 성가셨을까.

전기는 문명의 총아로 문화생활을 가능케 한 '마법'이었다. 마을에 전깃불이 처음 들어온 것은 초등학교 저학년 때였다. 학교를 파하고 마을 어귀에 '엿장수'라고 불린 아저씨가 운영하는 가게에서였다. '라면땅'과 '쫀디기'를 사기 위해 무심코 들른 곳에서 '알전구'의 반짝이던 신생을 경험한 게다. 대낮인데도 알전구

속에 실처럼 연결된 필라멘트의 붉은 선이 신기하기만 했다. 전기가 들어오기 전에는 '등잔불'이 산촌을 밝히는 유일한 세상의 빛이었다. 그 친구의 집도 등잔불이었단다. 하기야 전기 보급은 촌락에 동시 다발로 이루어졌을 게다.

머지않아 우리 집에도 TV가 놓이고 전기밥통도 생겼지만 고등학교 2학년 때 서울로 이사를 가기 전까지 이상하게도 냉장고는 없었다. 엄마가 부재중이니 묻지도 못하지만 행여 계신들 철딱서니 없다고 나무라며 뻔한 말씀을 하셨을 게다.

그러나 돌담 속 우물에서 반찬을 꺼내는 엄마의 사진 한 장은 뻔한 말씀 이외에 냉장고의 부재 이유를 다소나마 설명해 주는 장면이다. 무리를 하면 장만했겠지만 '우물 냉장고'가 전기냉장고 못지않게 신선도를 유지하기에 불요불급한 상황이 아니었으리라. 세탁기가 없던 것도 아마 이런 이유였을 게다. 깨끗한 물을 일상적으로 사용하는 산촌에 세탁기는 실용성이 낮았을 테니 말이다. 물김치를 종지에 담는 엄마의 뒷모습이 참 젊다. 월남치마를 입은, 천생 시골 아낙의 모습이 여름처럼 한창이다. 어느덧 내 입 속에 군침이 돈다.

그런데 세상에서 가장 소중한 것들을 남겨 놓고 엄마는 도대체 어디 갔을까…….

2014

개떡의 추억

진짜 떡이야 맛있지만
개떡 맛도 일품이라네
병든 나 보리 추수 기뻐하면서
그걸 일어 먼저 빻길 재촉하였지
보릿가루 반죽도 힘이 안 들고
솥에 찌면 순식간에 익는다네

— 이익, 「개떡」 부분

지금 내 스마트폰 프로필 사진에는 인물 사진도 아니고 풍경 사진도 아닌 '개떡 사진'이 먹음직스럽게 보인다. 개떡을 유난히 좋아하는 내 식성이 생각난다며 친구가 보내 준 사진이다. 개떡은 내가 유년의 문을 열고 들어가면 가장 먼저 떠오르거나 만나는 '유년의 뜰'이다. 그런데 떡은 떡인데 왜 하필 접두사에 '개-' 자가 들어가는 걸까. 국문 서생書生이 그 이유를 모르는 건 아니지만 문학을 전공하기 전에 궁금하게 생각했던 기억이 새롭다. '개-' 자가 들어가는 단어를 이외에도 적지 않게 일상어로 사용한다.

우선 식용에서는 '개복숭아', '개살구', '개호두', '개다래' 등

등이 있다. '돌배', '돌미나리', '돌김', '돌갓' 등도 있는데 '개-'와 '돌-'은 자연이거나 야생 상태를 가리키는 뜻으로 쓰인다. 사실 야생처럼 자연 그대로의 순수함을 보존하고 있는 것은 없다. 인공의 때가 묻지 않고 그대로 원래 상태가 야생의 참모습이기 때문이다. '개나리'와 '개망나니'의 '개-'도 이 같은 의미를 포함한다. 참고로 '진달래'도 달래 중 진짜를 진달래로 표현한 것인데, 이때 진짜로 호명받지 못한 달래를 굳이 구분하자면 '개달래'가 된다. 따라서 '개(돌)-'는 '참眞'의 상대어로서 참에 의해 종속변수로 격하된 잉여인 셈이다.

요즘 유행하는 '개저씨'를 생각하면 얼추 이해가 될 듯하다. 바야흐로 접두사 '개-'는 자신의 현재의 감정을 나타내는 단어에 무조건 붙이기만 하면 당사자의 감정 상태를 과장스럽게 느끼는 만능어가 되었다. '개재밌다', '개잘생겼다', '개재수 없다' 등등.

이렇듯 '개-'나 '돌-'의 접두사는 좋지 않은 것 혹은 격이 떨어지는 것이란 의미를 갖는다. 그렇다면 자연의 것 야생의 것이 왜 좋지 않으며 격이 떨어진다고 생각할까. 그것의 기준은 아마도 사람의 손길이 닿느냐 그렇지 않느냐가 관건이 됐을 게다. 사람의 손길을 거쳐 관리된 것들은 야생의 조건에서 자라는 것보다 문명의 조건에 맞게 규격화되거나 상품화되면서 교환가치로서 재탄생했기 때문에, 상대적으로 야생 조건이 갖는 거칠고 강한 모습보다 안전하다고 여겼다는 점이다. 문명을 지향했던 전통 시대에 자연스러운 인식이다. 삶 자체가 야생의 조건이던 전근대인들에게 문명은 현재의 팍팍한 환경을 만회할 수 있다고 믿는 소망이었을 테니까.

세월이 흘러 문명의 병리 현상이 노정되면서 그동안 소외되었던 야생의 조건들이 각광을 받는다. 시골에서 과일 취급을 받지 못하고 주변에 방치되었던 '개복숭아'와 '돌배'가 오히려 수난을 당하는 현실이 이를 반증한다. 몸에 좋다는 얘기를 듣고 외부 사람들이 몰려와 닥치는 대로 따 가기 때문이다. 각광에 대한 후과를 톡톡히 치르는 셈이다.

몇 년 전 시골 친구 집에 갔을 때 냇가 주변에 주렁주렁 열린 개복숭아가 생각난다. 그 개복숭아는 처음 본 나를 마치 졸음에 겨운 강아지처럼 무덤덤하게 맞이했다. 낯선 이방인을 경계하는 것도 잊은 채 심드렁했던 이유는 자신의 진가를 몰라 준 서운한 마음이 오래도록 쌓여 무심한 탓인 게 분명했다. 지금 친구 집에 가면 그때 보았던 개복숭아와 상봉하게 될까.

이후 개복숭아 열풍이 불었기 때문에 아마 해후하지 못할 가능성이 클 게다. 강아지도 없는 쓸쓸한 시골집에서 개복숭아는 마당의 감나무와 함께 대처로 나간 자식들의 빈자리를 채워 주는 노년 어머니의 말 없는 말벗이었을 텐데, 그의 안부와 함께 어머니의 안녕이 자못 궁금해진다. '개-'와 '돌-'로 시작하며 사람 동네에서 존재감을 상실했던 것들이 새롭게 그 진가를 유감없이 발휘하는 중이다. 요즘 새로운 사회 흐름인 '을'들의 반격인가.

개떡을 얘기하다 옆길로 한참 샜다. 먹을 것이 부족했던 시골에서 개떡은 특히 여름에 먹는 별미였다. '술빵'이라고 부르기도 하는데 반죽하는 과정은 밀가루에 막걸리나 깨알처럼 작은 이스트를 풀어 반죽을 하여 찌면 환상적인 개떡이 완성된다. 호박잎이 깔린 반죽 속에는 강낭콩이 콩콩 숨고 그 밑에 흰 광목을 깐 후 솥 속에서 익어 가는 개떡을 생각하노라면 냄비처럼 가벼운 조바심도 곧 성자의 인내로 바뀌곤 했다.

내가 특별히 개떡을 여름과 함께 기억하는 것은 '강낭콩'과 '호박잎'이 개떡의 주재료였기 때문이다. 이들 재료는 여름에 수확하는 왕성한 제철 재료들이다. 진한 김이 솥 주변으로 흘러나오면 엄마가 제일 먼저 하는 일은 개떡을 꺼내 칼로 적당하게 좌우로 자르는 일이다. 어느새 개떡은 바둑판처럼 가지런해진다. 칼에 반듯하게 잘린 콩을 보면 마치 하얀 도배지 속에 박힌 알알의 무늬처럼 눈도 즐거웠다. 엄마는 개떡을 쪄 부엌에 있는 '광'에 넣어 보관했다. 보자기를 걷으면 보이는 채반 위에 가지런히 놓인 개떡을 나는 갈밭쥐처럼 연신 드나들며 배를 채웠다. 이 글을 쓰면서도 내 후각은 시간을 거슬러 올라 솥에서 익어 가는 개떡 특유의 푸근하고 고소한 냄새를 좇는다.

그나저나 우리가 찰떡처럼 믿는 수많은 '참모습'들은 과연 참일까. 참에게 배제된 개복숭아의 인생 역전의 의미를 개떡 추억을 소환하며 다시 한번 생각해 본다.

2016

조선의 노라, 나혜석을 위한 변명 1

남편과 자식들에게 대한
의무같이
내게는 신성한 의무 있네
나를 사람으로 만드는
사명의 길로 밟아서
사람이 되고저

— 나혜석, 「인형의 가家」 부분

언젠가 초등학교 친구가 보내 준 사진은 영화의 한 장면을 능가하는 선명한 스틸컷이었다. 까르르 웃는 사진은 박제된 표정을 거부하고 살아 움직이며 금방이라도 인화지를 뚫고 나올 만큼 생생했다. 내가 그 사진을 의미 있게 본 것은 초등 친구인 그녀들의 수다스러운 만남이 추억을 회고하는 깊은 울림이 있기도 했거니와, 그들이 해맑은 얼굴을 배경으로 삼은 대상이 특별했기 때문이다.

어느덧 쉰을 바라보는 나이에 그들의 한 컷 배경이 된 사람은 '나혜석'이었다. 양장을 입고 저 너머를 응시하며 선 나혜석은 21세기 초등학교 친구들과 어울려도 전혀 이물감 없는 영원한

2015년 수원 나혜석 동상 앞에 선 초등학교 친구들.

'신여성' 자태가 물씬 풍겼다. 두 손에 꼭 쥔 그림 도구와 화선지는 그녀가 입은 옷(블라우스와 롱스커트)과 함께 당대 사회 평균 여성의 삶과는 다른 이국적 정취를 느끼게 했다. 이들 사이에는 칠십여 세월의 간극이 놓여 있지만, 이 땅에 반인 그들과 앞서 이 땅에 살다 간 신여성들의 삶이 시공을 초월, 묘하게 얽혀 있는 듯했다. 나혜석은 내 문학 수업에서도 빠지지 않는 인물이며 수업의 주제다. 물론 그녀 앞에 공식처럼 달린 한국 '최초'라는 시대를 앞서간 진보적 이미지가 내 수업의 한 꼭지를 담당하는 이유가 됐을 게다.

그러나 내가 주목한 것은 남성 중심의 질식 사회를 '글'을 통해 고발하며 잠자는 세상을 깨웠다는 점이 적지 않게 작용했다.

한국 최초 서양화가와 세계 일주를 최초로 감행한 전대미문의 전위성에도 불구하고 그가 시대와 불화하며 싸웠던 도구는 오로지 '글'이었다. 그녀에게 소설과 시, 산문(수필)과 희곡은 상상을 통해 감수성으로 지어 올린 영감의 산물이 아니라 그녀가 피 흘리며 기성 사회와 싸운 처절한 상흔의 기록이며 당대 사회의 일그러진 자화상이다.

어쩌면 '나혜석은 황진이의 재림이 아닐까' 하는 생각이 갑자기 스쳐 지나간다. 수백 년이 흘렀어도 변하지 않는 세상에 다시 온 황진이의 재림 나혜석, 그들은 글이라는 남성 전유물인 '희귀한 도구'를 통해 기득권을 마음껏 희롱한 시대의 이단아였다. 그녀의 진보적 생각이 명징하게 드러난 글들은 주로 '산문'이다. 지금 읽어도 폐부를 찌를 정도로 급진적이다.

특히 「모母된 감상기」에서는 자식을 "모체의 살을 떼어 가는 악마"라고 규정함으로써 '금지옥엽'이라는 재래의 절대 진리를 전복한다. 전통사회에서 육아를 전담하는 고통은 고통 자체로 끝나는 것이 아니라 한 인간의 꿈이 묻히는 사회적 타살을 의미한다. '정조관'은 그녀의 진보적 성격의 기원이어서 기존의 통념과 첨예한 경계를 이룬다.

> 정조는 도덕도 법률도 아무것도 아니요, 오직 취미다. 밥 먹고 싶을 때 먹고, 떡 먹고 싶을 때 먹는 것과 같이 임의용지任意

用志로 할 것이요, 결코 마음의 구속을 받을 것이 아니다.

– 이상경 책임편집, 『경희(외)』, 범우사, 2006, 280쪽.

라고 말한다. 현대사회의 다양성과 민주의 척도 중 하나로 거론되는 '프리섹스'의 흐름과 비교해도 변별력을 느끼지 못할 정도로 파격적이다.

곰곰이 생각해 보면, 나혜석이 자유스러운 정조론을 주장한 일은 무분별한 성의 범람이나 방임을 이야기 한 것과는 차원이 다르다. 여성이 차별받고 착취당하는 원인을 여성의 성의 구속과 억압에서 찾고 있기 때문이다. 남성 중심의 기득권을 강화하려는 목적으로 이념화한 여성의 성의 역사에 반기를 들었다. 전통사회에서 남성의 성의 자유와 비교해 보면 그 이유가 분명해진다. 나혜석은 이 지점을 정확하게 짚고 당연한 일로 여겼던 성의 억압을 윤리적 분노로 접근했다. 성의 억압이 여성의 인권 침해와 유린으로 연결된다는 점을 나혜석은 간파했던 것이다.

그녀의 인간 선언은 길이 회자될 「이혼고백서」에서 절정을 이룬다. 남편인 김우영과 11년 동안 결혼하여 사는 과정에서 겪었던 부부의 삶과 애환, 시댁과의 관계, 심지어 기혼 여성으로서 다른 남성과 나눈 사랑까지도 글을 써 1934년 잡지 『삼천리』에 발표해 당대 사회의 파란을 몰고 왔다. 「이혼고백서」는 부당함이 근본으로 교정되지 못하는 불구 사회에 나혜석이 던진 최후의 '변론장'이었다. 아무도 인정해 주지 않는 사회라는 법정에서 여성으로 살아야 했던 이 땅의 슬픈 현실을 당당하게 선언한 '인간 백서'인 셈이다. 이로 인해 그녀의 삶은 잔인하게 파괴되지만 그녀가 시대를 앞서 호소한 인간 선언은 지금 이 땅의 여성들에게 '어떻게 인간으로 살아야 하는가'를 묻는 이정표가 되었다.

그러고 보니 나혜석이 사진 속에서 눈을 들어 저 너머를 본 이유가 있는 듯하다. 그는 밖으로 눈을 돌려 세상 끝을 보려고 한 것은 아닐까. 그 대가로 그녀가 얻은 것은 열어 보면 안 될 '판도라'의 상자가 주는 고통이었지만, 사진 속에서 그녀들이 까르르 웃는 세상을 위한 첫걸음을 나혜석은 그렇게 내디뎠다. 요즘 들불처럼 번지는 '미투 운동'은 그가 뿌린 인간 선언의 씨앗이 싹터 수많은 나혜석의 현존들의 외침이며, 한편으로는 그가 꿈꿨던 세상이 아직도 도래해야 할 적지 않은 여정이 남았음을 보여 주는 이중 과제를 우리 몫으로 던진 장면이다.

경희도 사람이다. 그 다음에는 여자다. 그럼 여자라는 것보다 먼저 사람이다. 또 조선 사회의 여자보다 먼저 우주 안 전 인류의 여성이다.

— 앞의 책, 57~58쪽.

2015

조선의 노라, 나혜석을 위한 변명 2

> 여성이 소설이라든가 시 등을 쓰려고 한다면
> 일 년에 오백 파운드의 돈과 자물쇠를 채울 수 있는
> 방 하나를 가질 필요가 있다는 이야기입니다.
>
> — 버지니아 울프, 『이 지상에서의 나 혼자만의 방』 부분

딸을 키우면서 세상의 반인 '여성 문제'는 애초에 어떤 사명감 차원에서 관심을 가졌던 게 아니다. 단지 내 딸이 살아갈 세상을 한 번쯤 그려 보는 수준으로, 관심이라고 하기엔 구체성이 떨어지는 어중간한 위치라고 보는 것이 더 정확할 게다. 그렇다고 내가 여성 문제에 문외한은 아니다. 딸과 관계없이 인문학을 공부하는 사람으로 여성 문제는 늘 공부의 한 축을 이루는 당면이며 화두이기 때문이다. 문학 속에 나타난 여성 인물이 어떻게 남성 중심의 시대를 호명했는가는 내 문학의 시종始終이다. 사실 이 글을 쓰면서도 '여성 문제'라고 언급한 것부터가 스스로 썩 내키지 않는다. '문제'란 단어가 갖는 문제의식이 의도치 않게 어떤 편향성을 내포한다고 여길 가능성이 있기 때문이다. 세상을 온통 종횡으로 무진한 수많은 오류와 전횡을 일삼은 남성들의 욕

망 서사를 우리는 '남성 문제'라고 하지 않는다.

이처럼 여성 문제는 문자의 장에서조차 맥락의 이해를 위해 하릴없이 전제되어야 하는 불편함을 포함한다. 힘을 근거로 지배력을 강화한 게 인류 발전의 과정이라고 할 때 그 힘은 초기 육체의 힘에서 시작하여 점차 문화로 독점 제도화한 게 인류 역사다. 여성은 초기엔 힘(육체)의 부재, 이후엔 문화로 제도화된 위계 속에서 경계의 영역으로 치부된 존재였다. 세월이 흘러 여성 문제라 칭하는 현안이 과거와 달라졌다고 호언한다면 정도의 차이와 관계없이 그 변화의 기준은 여성에 대한 과거의 차별 구조가 개선되었음을 말하는 것일 게다. 이념을 떠나 한 사회의 민주 역량을 평가하는 척도가 여성의 삶의 질이란 것은 그래서 의미심장하다.

지금 우리 사회의 여성 문제는 어느 지점까지 와 있을까. 다른 나라 여성의 사회 지표와 수치를 비교할 것도 없이 요즘 우리 사회에서 하나의 현상으로 번지는 페미니즘을 어떻게 이해하고 고민해야 할지가 당면이다. 양성평등으로 가기 위해 거쳐야 하는 보편적 과정으로 봐야 하는 일종의 통과의례라 해도 치러야 할 사회적 비용이 만만치 않다.

'강남역 살인 사건'(2016)에서 촉발된 여성혐오misogyny와 최근 문화 예술과 정치 사회 영역에서 진행된 일련의 '미투Me-Too' 운동은 그동안 일상으로 여성에 가해진 부당한 삶의 폭력에 반응하는 혁명이며 기울어진 운동장을 복원하려는 여성의 당당한 목소리다. 여기에 더해 일정한 기준으로 미를 강요하거나 여성의 자유를 억압하는 기제로 작용했다고 여기며 문제 제기를 한 '탈脫코르셋' 운동도 주목해 볼 현상이다.

우리 사회는 이러한 목소리에 귀 기울여야 할 의무가 있는데도 왜 남성 일부에서 '여성 혐오'란 비판 현상이 존재할까. 역사를 봐도 가해자인 그들이 가해 대상을 혐오한다는 현실은 아무리 그럴듯한 개연성을 상상해도 이해의 근거를 발견하지 못하겠다. 그들이 지배한 것은 적어도 소유욕을 기반으로 한 쾌락과 탐미의 대상으로서 여성일지언정 혐오의 대상은 아니었기 때문이다. 따라서 지금 여성 혐오는 과거와 전혀 다른 양상으로 전개되는 사회문화의 생태 구조에서 비롯된 새로운 '조짐'인 셈이다. 이런 조짐의 이유가 여러 가지 있지만, 그 중 하나가 그동안 남성들이 누렸던 영역을 자신들의 고유 영역이라고 믿는 근거 없는 진실이 여성의 사회 역할이 증대함에 따라 자신들의 영역이 잠식당한다고 생각하기 때문일 게다.

이는 애초 불균형한 삶의 조건이 균형을 이루는 과정에서 빚어지는 착시현상이며 저 도도한 물결이 기존을 위협하는 경쟁신호로 인식한 피해의식의 결과다. 누천년 동안 피해의식으로 점철된 여성 앞에서 그 피해의식의 가해자인 남성이 또 다른 피해의식을 표출하는 이율배반의 역설을 어떻게 이해해야 할까.

착잡함과 더불어 현대 남성들의 삶이 초라하게 축소된 현실을 실감한다.

며칠 전 서현이와 함께 동네 서점을 들렀다. 초등 저학년 때까지 틈나는 대로 책을 읽히고 도서관을 놀이터로 여기길 바라며 부지런히 드나들곤 했다. 고학년이 되자 스스로 책 선택이 가능해지기 시작한 후로 내 독서에 대한 개입이 자연스럽게 줄었다. 서점에 가면 나는 주로 2층 인문 사회 코너에서 시간을 보내고 서현이는 1층 팬시와 판타지 코너에서 시간을 보낸다. 어느 날은 서현이가 2층으로 올라오더니 두 권의 책을 집어 들었다. 그 중 한 권이 조남주의 소설『82년생 김지영』이다.

이 책은 요즘 서점가에 홍수를 이루는 소위 '엄마들의 에세이'의 시초가 된 페미니즘 열풍을 견인한 책이다. 친구에게 이미 선물한 책이기 때문에 예기치 않게 두 권을 사게 된 셈이다. 그런데 적잖은 고민을 했다. 초등 5학년이 이해하기에는 쉽지 않은 책이라 생각했기 때문이다. 여성의 삶은 우리 사회의 중층적 문제와 연동된 탓이다. 그래서 서현이에게 물어봤더니, 잘 안다고 하는 게 아닌가. 이유인즉, 이미 스마트폰을 통해 오디오북으로 내용을 읽었다고 한다. 순간 머리를 망치로 얻어맞은 기분이었다. '아, 그런 방법도 있었구나!'라는 생각과 함께 딸의 의식 성장이 내가 생각한 것보다 훨씬 앞서가고 있음을 확인한 순간이었다. 융이 말한 '개성화' 과정이 적지 않게 진행되고 있던 게다.

언젠가 유명 작가의 독서 습관을 들었는데, 책으로 읽기 전에 먼저 오디오북을 통해 대략적으로 내용을 일별하면 최종 독서가 한층 이해하기 쉽고 정리가 명쾌하다는 얘기였다. 요즘 트렌드에 맞는 효율적 독서라고 깊이 공감한 바 있다. 그 내용을 한번 말해 보라고 하자 서현이는 거침없이 페미니즘의 정의와 줄거리, 그리고 작가가 독자에게 던지고 싶은 메시지까지 정확하게 꿰고 있었다.

퇴근 후 서현이의 방에 가 보니 책은 손때가 거의 묻어 있지 않은 채 책상 한편에 우아하게 좌정하고 계셨다. 언제 읽을지 모르지만 아직 본격적으로 읽지를 않은 것 같았다. 손에 잡은 책을 무조건 읽어야 할 당위도 어른들이 만들어 낸 독서 만능의 환상일지 모른다. 적어도 아이들의 세계에서만큼은 자기 감정에 충실한 모습이 기만을 허락하지 않는 독서의 참모습일 테니까. 책을 사 주면서 아이에게 늦게 읽거나 혹은 아예 안 읽어도 괜찮다고 일독에 대한 부담을 덜어 준 일도 이러한 이유이다.

서현이가 그 책을 독파하지 않더라도 그는 벌써 페미니즘과 우리 사회의 여성 문제를 나름 일목요연하게 인식하고 있지 않던가. 눈에 들어오는 저 불빛이 등대의 불빛임을 알면 그것으로 족하다. 부두에 닻을 내리는 건 그 다음의 일로, '서현아, 서두를 필요가 없단다. 방향만 잃지 말아 다오.'

2018

추기追記

최근에 불거지는 래디컬 페미니즘radical feminism, 소위 '급진적 여성주의'의 대두는 남성을 극단적으로 '혐오'한다는 점에서 문제 해결의 전망을 어둡게 한다. 급진적 여성주의가 앞에서 언급했던 것처럼 누대로 차별 받은 성의 역사에 대한 여성의 자기 선언적 현재의 의미가 있는 일이지만 또 다른 혐오를 표적으로 한다는 점에서 우려가 있다는 것이다. 혐오와 혐오의 대립은 필연적으로 증오와 폭력을 동반하게 된다. 서로 거울이 되고 전체의 한쪽인 성의 동반자가 결코 해서는 안 되는 일이다.

세기의 라이벌, 그 이름은 시와 소설

우리는 어느새 동행이 되어 있었다
우리가 가고 있는 곳이 어딘지를
그러나 우리는 서로 묻지 않았다

— 신경림, 「동행」 부분

태초에 '말'이 있었고 오랜 시간이 흐른 후 그 말을 '문자'로 기록하여 누군가 후대에 전했을 게다. 이때 문자는 '글'이 되기 위한 야생의 재료로서, 문자가 없었다면 당연히 글은 존재하지 못했을 것이다. 글은 문자가 갖는 기호의 원시적 표식을 벗어나 기호를 보다 효과적으로 조립한 의미된 말의 '덩어리'다. 생경한 문자에 생각과 느낌의 온기를 불어넣어 생명을 주입하는 일종의 '생물체'가 글인 셈이다. 문자와 글은 실용의 의미에서 차별성을 갖는다. 문자 자체로는 하나의 완결된 전달체계를 갖는 데 충분하지 않다. 그렇다고 글이 스스로의 필요에 의해 특별히 쓰이기 시작했다고 보기도 어렵다.

사실 글은 당대 현실의 생존의 필요 때문에 그 중요성이 부각된 면이 있다. 사람과의 관계에서 말이 갖는 숙명적 결함인 '증명력'을 보완하려는 목적으로 글의 고정성이 필요했다는 점이다. 현실의 인간관계에서 말의 불신 탓에 글의 필요함이 소환된 셈이다. 확정이 결여된 말의 고육책이 단순히 기호에 불과했던 문자를 생명이 깃든 결과물(글)로 매조지한 것이다.

이렇게 글은 말의 단순함을 그대로 필사한 초기 단계의 원시적 형태를 거쳐 고정된 글(텍스트)을 의미 확장하거나 개인의 생각과 느낌을 정갈하게 담아 차린 문학의 '상床'이 되었다. 시와 소설은 그 상 위에 놓인 '밥'과 '찬'으로서, 문학이란 한상 차림을 이루는 '주식主食'이다. 시와 소설은 청실이자 홍실이고 쌍생아(이란성)이며 영원히 승부를 점치기 어려운 용호龍虎가 상박相搏하는 막상막하莫上莫下의 관계이기도 하다.

동서의 역사를 보아도 시는 귀족문화의 '총아'였다. 문자는 그들의 기득권을 유지 강화시켜 주는 독과점이었는데, 시는 이 과정에 충실하게 복무해 왔다. 여기에 시의 '애매성'과 '난해성'은 귀족들 스스로 교양을 희롱하는 여기餘技로 기능, 절대 다수의 피지배 계급과 우열을 구분하는 가늠좌였다. 그들만의 동네에서 작동하는 이중 약호略號의 소통은 피아彼我를 가르는 견고한 성城이었던 셈이다. 소설은 이에 비해 중세 이후 시민계급이 경제적 부를 통해 지배 질서에 근접하면서 보다 자유로워진 삶의 조건 속에서 널리 퍼진 장르다. 일종의 '시정市井'을 진원지로 출처된 개방의 언술 체계를 근거로 한다.

이렇듯 시와 소설은 역사 사회의 배경과 향유 계층이 달랐기 때문에 장르의 우열을 쉽게 판단하지 못한다. 그래도 굳이 우열을 판가름하려는 호승심이 발동한다면 장르의 특성에서 오는 차이점은 논의가 가능할 게다. 그 특성이 우열이 아님은 물론이며 모두 장르의 규범과 형식에 기인한 내부 개성이라는 점을 명기한다.

시와 소설은 공통적으로 사람 냄새 나는 '한 채의 집' 짓는 일을 목적으로 한다. 기둥을 세우기 위해 통나무를 절차탁마切磋琢磨하는 조각가의 '끌'이 시라면, 소설은 볏짚으로 '반죽된 흙'을 담벼락과 들보 사이에 '덧칠하는 행위'에 비유할 수 있다. 이런 과정은 시가 '마이너스'로 인해 더없이 가볍고 그윽한 황홀을 담보하는 순간이며, 소설은 '플러스'로 인해 오히려 흙집 특유의 시원한 통풍을 맛보는 감미로운 시간이다. 두 장르가 한결같이 지향하는 것은 명징한 윤곽과 구체를 드러내는 일이다. 깎고 다듬어 마른 육신을 드러내는 수고도 삶과 자연의 구체에 다다르기 위한 각고刻苦이며 보태고 덧붙이는 이중의 노력 또한 더 높은 망루에 올라 세상을 조망하려는 '너머'를 향한 욕망과 다르지 않다.

무릇 인류의 고전 반열에 오른 시치고 소설의 의미를 획득하지 못한 시가 없으며 위대한 소설치고 시의 문장으로 이루어지지 않은 작품이 없다. 위대한 작품은 가장 시다우면서 동시에 가장 소설다운 작품이다. 짧은 시 속에 장강처럼 거대한 서사를 품고 긴 소설(대하소설) 속에 영롱한 서정이 압축된 작품이야말로 시와 소설이 꿈꾸는 오래된 미래다.

단검短劍과 장검長劍은 각축을 벌이지만 서로 흠모하며 한 번도 서로를 베는 일이 없이 자기 검의 완성을 위해 헌신한다. 고수는 결코 겨루어 일합一合하지 않는다.

> 검의 집에서 일단 검을 뽑으면 그것은 검이 아니라 칼이다.
> 낡은 제 집을 지키고 있는 검이야말로 천하의 명검이다.
> 무딘 쇠의 날을 세우고,
> 세상을 향해 칼을 휘두르면 검의 정신은 녹이 슬고
> 검은 피 묻은 쇳조각에 지나지 않는 것이 되고 만다.
>
> — 최동호, 「명검」 부분

시와 소설, 현란한 두 검은 궁극적으로 '칼의 노래'가 아닌 '검의 노래'에서 한바탕 춤을 출 뿐 검집을 벗어나 통제 불가능한 칼의 난무亂舞에 빠지지 않으며 그 자체의 아우라로 세상의 공명共鳴에 일조한다.

2019

나와 아버지와 동주

인연 1

우물 속에는 달이 밝고 구름이 흐르고 하늘이
펼치고 파아란 바람이 불고 가을이 있고
추억追憶처럼 사나이가 있습니다.

— 윤동주, 「자화상」 부분

문청文靑 시절 '두근두근 내 인생'을 설레게 했던 시인이 바로 윤동주다. 윤동주를 만난 일은 아주 사소하고 뜻밖의 순간에 이루어졌다. 물론 교과서에서 배운 「서시序詩」를 쓴 익숙한 시인이지만 이는 단지 활자에 갇힌 피상적 만남 그 이상은 아니었다. 그런 윤동주가 내 곁에 왔다. "어느 날 시가 내게로 왔다."라고 한 네루다의 말처럼.

친구와 만나기로 한 신촌 사거리에서 시간이 좀 남아 서성이다 연대 쪽으로 가는 길목에 위치한 '홍익서점'을 들렀는데 그때 우연히 손에 잡혀 일별한 책이 송우혜의 『윤동주 평전』(열음사, 1988)이었다. 지적 호기심을 자극하기에 충분했고 이전에 내가 알던 윤동주와 전혀 다른 모습이었다. 시간을 때우기 위해 무심코 한 행동이 내 인생에 적지 않은 영향을 미쳤다. 그 후 『윤동주 평전』을 읽을 때마다 책은 빨간색 볼펜 줄과 형광색이 입혀지기를 반복했다. 내게 『윤동주 평전』은 감히 전태일에게 『근로기준법』과 같은 복음서로서 당시 암울하고 참담했던 현실을 극복하는 데 유일한 희망이자 내적 망명지였다.

평전 속에 수록된 시 중에서 특히 「참회록」 2연 2, 3행

— 滿二十四年一個月을
무슨 기쁨을 바라 살아왔든가

의 구절은 스무 살 초반 내 젊은 날을 온통 주술처럼 파고드는 마력이었다. '참회록'을 쓸 정도로 능욕을 온전히 응시하는 그의 가없는 치열함을 못내 부러워했다. 내 삶도 윤동주의 삶처럼 '만 24년 1개월'을 삶의 마지노선으로 정하고 윤동주의 삶에 동화되려고 부단히 노력했던 시절이었다. 스물네 살 이후의 내 삶은 없다고 생각했다. 세월이 흘러 내 삶은 '滿二十四年'을 훌쩍 뛰어넘어 그 배가 되는 삶을 살고 있으며, 그때 고동쳤던 준열한 삶의 순수성은 윤색되고 세상의 때가 적지 않게 묻었다.

하나의 작품도 아니고 건조하기 쉬운 평전을 이렇게 옆에 끼고 지속적으로 탐독한 일은 순전히 '아버지' 때문이다. 책을 사면 구입한 날짜와 요일을 적는 습관이 있는데, 첫 장의 여백에

기록된 날짜를 보니 "91년 1월 30일 수요일 신촌에서" 그리고 "아, 좋은 책"이란 간단한 코멘트가 적혔다.

나는 이때 세상에 태어나 가장 큰 상실감으로 아픈 상처를 감내하던 중이었다. 아버지가 그해 초 설(음력)을 20여 일 앞두고 세상을 떠났기 때문이다. 윤동주의 연보를 보니 탄생 연도가 '1917년'이라고 적혀 있었다. 세상 어디에도 나이 먹은 모습이 존재하지 않았던 윤동주, 순수하고 착한 미소년 윤동주가 아니던가. "일흔 고개에 오른 나보다 여섯 달 먼저 난 너는 스물아홉에 영원이 된 탓에 아직도 나한텐 새파란 젊은이"(「동주야」)라고 말한 친구 문익환의 윤동주에 대한 회상은 개인적 이미지를 떠나 한국인에게 보편적으로 공유된 윤동주의 모습일 게다. 1917년이란 숫자는 자연스럽게 아버지를 떠올리게 했다.

아버지는 윤동주보다 2살 연배인 '1915년'생이다. 삶의 연륜으로 두릅나무 껍데기처럼 두꺼운 아버지의 각질과 미소년인 윤동주의 모습은 도저히 동시대인이라고 보기 어렵게 했다. 물론 외형적인 단순 비교는 치기 어린 일일 게다. 요절이란 비극의 대가로 그가 얻은 것이 결코 적지 않은 것이니 바로 영원히 늙지 않는 '문학청년'이란 불멸일 테니까.

그런데 놀라운 일은 『윤동주 평전』을 읽으면서 아버지의 삶의 공간과 윤동주의 삶의 공간적 행적이 한때 같은 곳에 겹친다는 사실이었다. 우연치고는 어떤 필연적 상상력이 가능한 상황이었다. '충남 청양과 태안' 그리고 '북간도 명동촌'이라는 지리적 공간적 거리는 언뜻 생각해도 측정이 불가능한 너무나 멀고 아득한 거리다. 이렇게 쉬이 다가가기 어려운 거리에서 이들은 각자 제 삶의 몫의 풀을 시름없이(?) 뜯고 있었다.

윤동주의 4년 동안 연희전문 시절(1938. 4. 9.~1942. 12. 27.) 생활의 근거지는 주로 '서대문'(신촌, 북아현동, 서소문)을 중심으로 이루어졌고, 아버지도 이때 '서대문 시장'에서 일했다고 한다. 큰형님의 기억을 의지하여 그 당시 아버지의 생활 동선을 따라가 보니 전율이 일 정도로 아버지와 윤동주는 서로 통성명을 하면서 대면만 하지 않았을 뿐 같은 공간에서 '불특정 다수'란 이름 아래 가장 가까워졌다 또 멀어졌다를 반복하는 것이 아닌가.

어느 날은 신촌역에서, 또 어느 날은 북아현동에서, 또 어느 날은 서소문에서 그들은 스치고 바라보고 다시 제 갈 길로 갔던, 마치 어제 본 듯한 낯익은 타인인 셈이었다. 개인이 처한 삶의 상황은 달랐어도 식민지 젊은이로서 당해야 했던 나라 잃은 설움은 두 젊은이의 삶에 짙은 그림자를 드리웠을 게다. 애틋한 연민이 일었다. 이렇듯 윤동주는 내게 특별한 시인으로 각인되고, 아버지의 삶을 생각할 때마다 함께 떠오르는 잊지 못할 사람이 되었다.

2020

나와 백석과 누나와 성북동

인연 2

몸끝을 스치고 간 이는 몇이었을까
마음을 스치고 간 이는 몇이었을까
저녁하늘과 만나고 간 기러기 수만큼이었을까

— 도종환, 「꽃잎 인연」 부분

사람에게 인연은 직접 옷깃의 흔적과 별개로 무형의 간접 관계까지도 포함하여 확장되거나 부피를 더하게 되는 충만한 삶의 울타리다. 지금부터 얘기할 '나와 백석과 누나와 성북동'은 이런 인연으로 핀 삶의 향기다. 서울에서 삼수를 하던 시절 아버지와의 사별은 내가 더 이상 불투명한 미래를 고집할 명분을 빼앗아 갔다. 마침 누나가 사는 충북 진천에 취직이 된 터라(1991) 대학을 향한 오랜 꿈을 일단 접어야 했다. 내려가지 않겠다고 고집을 부렸지만, 근무하다 그래도 정이 들지 않으면 다시 올라오는 조건으로 수락했다.

역시 누나 이외에 아는 사람이 없는 타향 생활은 무료하고 외로웠다. 내 외로움을 달래 주는 유일한 즐거움은 '라디오'와 '책'

이었다. 그중에서 '서점'(책)은 퇴근 후 누나 집에 가기 전 일상처럼 들러 소요逍遙하던 곳인데, 어느 날 손에 잡힌 책이 『백석 시전집』(창작과비평사, 1987)이었다. 물론 백석이란 시인을 처음 알았다. 그때 받은 백석 시의 충격은 지금도 생생하다. 기존에 배운 시의 통념을 깡그리 뛰어넘는 것으로서, 정주 방언 때문에 해독하는 데 어려움은 있었지만 마치 내 고향 풍경과 사물들을 고스란히 옮겨 놓은 것 같은 착각이 들 정도로 정겨운 맛이었다. 무엇보다도 시가 어렵지 않고 구수한 얘기라서 시에 대하여 갖고 있던 오랜 편견을 깬 소중한 시간이었다.

이 시기에 약속이라도 한 것처럼 법정 스님의 수필을 가까이하게 된 점은 내게 큰 행운이었다. 당시 법정 스님이 어느 일간지에 소개한 후 읽은 『사람아 아, 사람아!』(다이허우잉 작, 신영복 옮김, 1993)의 감동이 지금도 가슴에 촛농처럼 녹아든다. 그러던 중 '김자야'(본명: 김영한, 기명妓名: 김진향)라는 여성이 쓴 『내 사랑 백석』(문학동네, 1995)이 간행되어 세간에 화제가 된다. 자야는 조선 권번 출신의 마지막 기생으로 1936년 백석이 함흥 영생여고 영어 교사로 재직할 때 현지에 와 있던 그녀와 만나면서 정인情人으로 발전한 사이다. 이후 여러 이유 때문에 두 사람의 관계는 결실을 맺지 못하고 결국 남과 북으로 갈라져 서로 생사조차 모른 채 지낸다. 다행히 88년 납·월(재)북 작가의 작품이 해금 된 후 비로소 백석 작품 속에 등장하는 '자야子夜'란 이름과 잇따른 시의 배경이 본인과 관계된 것임을 세상에 알린다. 자야 여사는 3공화국 때 요정 정치의 산실이던 '성북동 대원각'의 실소유주로 한 시대를 풍미했던 여장부다.

이 책은 출간된 후 당대 최고 모던 시인과 권번 출신 재원인 기생의 이루지 못한 슬픈 비극적 로맨스로 세인의 관심을 끌었다. 내 석사학위 논문의 주제가 「백석 시 연구」였던 것도 이와 무관치 않다. 권번 출신답게 교양과 인문 지식이 출중했던 자야 여사는 평소 법정 스님의 글을 읽고 그 인격에 감화되어 성북동 대원각 땅 부지를 시주하려고 법정 스님에게 간곡한 뜻을 전했으나 번번이 거절당하고 만다. 결국 10여 년 가까이 끈질긴 설득으로 이를 승낙한 법정 스님은 대원각 터에 '길상사吉祥寺'를 세운다. 97년 당시 시가로 천억 원이 넘는 대원각 터를 시주한 자야 여사에게 돌아온 것은 길상사가 창건되던 날(1997) 법정 스님에게 받은 염주와 법명인 '길상화吉祥花'뿐이었지만 크게 기뻐하며 세상 떠나는 순간까지 소중하게 간직했다. 모든 것을 비운 사람만이 느끼게 되는 기쁨이요 희열이었을 게다.

엄마와의 사별이 법정 스님의 입적과 거의 동일한 시기였던 것도 내겐 특별하다. 엄마와 법정은 2010년 이른 봄 한 달여 사이를 두고 시새워 떠났다. 유난히 길고 추웠던 그해 겨울 생전에 일면식도 없던 두 사람은 늘 그랬듯 삶의 가장 길고 힘든 언덕을 저 혼자 힘겹게 넘었다.

이렇게 한국 현대사에 사람들의 인연으로 점철된 성북동 대원각에서, 현재는 '진천 누나'로 불리지만 당시 '성북동 누나'로 불리던 셋째 누나가 한때 '요리사'로 근무를 했다. 누나가 성북동에서 찍은 사진 속에는 세상의 온갖 꽃들과 돌들이 오늘도 누나의 전성기를 배경으로 생동한다. 예부터 "셋째 딸은 보지도 않고 데려간다."라는 말이 있듯이 누나는 네 명의 누나 중에서 가장 예뻤고 살림에 강했다. 방학 때 서울에 올라가면 지금은 없어진 '새로나 백화점'과 '미도파 백화점'에서 각종 학용품과 옷, 그리고 맛있는 음식을 사 주었던 기억이 떠오른다. 어린 마음에 성북동 누나 주변에는 늘 새로운 것, 신기한 것들이 가득하다고 생각했다.

정지용의 시에 보면 「홍시」와 「지는 해」가 나온다. 이 시에는 근대 초입 대처로 나간 오빠를 통해 근대를 동경하는 누이의 설렘이 잘 나타난다. 누이에게 오빠는 '근대'라는 전혀 새로운 신문물의 시혜자로 그려지는데, 내겐 누나가 바로 이러한 도시 문명의 충실한 시혜자였다. 누나를 통해 '촌티(?)'를 벗는 첫걸음을 뗀 셈이다. 누나의 청춘을 잠시 담보한 수고의 대가는 시골로 보내져 집안을 일으키는 튼실한 종잣돈이 되었다.

한 사람의 뇌리 속에 이어지는 인연이란 넓고 특별한 그리움으로 기억된다. 지금도 내게 '성북동'은 김광균의 「성북동 비둘기」보다 먼저, '백석과 자야와 법정과 어머니와 누나'가 한데 어울려 떠오르는 아련한 곳이다. 백석이 「나와 나타샤와 흰 당나귀」에서 회한처럼 풀어 놓으며 "응앙응앙" 울었던 저 혼자만의 행복하고 서늘한 그리움의 전부다.

2016

겸손의 위대함

겸손은 하얀 소금
욕심을 버릴수록 숨어서도 빛나는 눈부신 소금이네

— 이해인, 「겸손」 부분

불순한 목적으로 상대방의 마음을 떠보려고 질문을 던질 때 그 목적을 정확히 간파한 후 그에 반하는 상황이나 의미를 역으로 제시, 도발자의 흉계를 궁색하게 만드는 일이 도발에 대한 득의에 찬 응징의 전형적 모습이다. 의도를 간파한 후 이어지는 즉각 반격은 멸시가 전제된 도발을 일거에 소거消去하는 파괴력을 지니며 작용에 대한 반작용은 거의 동시에 이루어질 때 효과가 배가된다.

이러한 도발의 이면에는 상대를 폄훼하거나 무시하는 심리가 존재한다. 질문에 대하여 뻔한 대답을 하지 않으면 안 되는 상황을 일부러 만들어 놓고 던지는 질문이기 때문에 질문자의 저열함이 적나라하게 노출된다. '유도신문'과 같은 음흉한 함정인 셈이다. 질문자가 예상하는 상대방의 대답은 대개 질문에 대한 정확한 대답이 아니다. 정확한 대답은 일종의 굴욕을 의미하기 때문에 질문자도 상대방이 본능적으로 그러한 대답을 회피할 것으로 예상하며 다른 포석을 깐다. 어쨌든 두 가지 중에 하나를 대답하지 않으면 안 된다는 점에서 질문자가 쳐 놓은 그물은 그의 비열한 흐뭇함을 담보하기에 모자람이 없다.

그런데 이러한 도발에 즉각 반격을 하지 않거나 합리화하려는 모습도 보이지 않고 오히려 질문자도 기대하지 않았던 대답을 순순하게 인정하며 더 나아가 그것이 자기 삶의 기반이라고 말한 사람이 여기 있다. 그가 바로 '공자'다. 이런 경우에 정직한 대답 자체가 반격이며 파괴력을 지닌다. 『논어』「자한」편 6장을 보면 의도를 가진 질문에 대응하는 공자의 태도가 자세히 묘사된다. '태재'라는 직함을 가진 사람이 공자의 애제자 중 한 사람인 자공에게 "선생님께서는 성인이십니까? 그런데 어찌 그렇게도 많은 일에 능하십니까?"라고 물어본다.

이에 자공은 "본시 하늘이 그분을 한량없는 성인으로 삼고자 하여 많은 일에 능한 것"이라고 대답한다. 이때 공자께서 이를 듣고 "태재가 나를 알아본 것일까?" "나는 젊어서 빈천했기 때문에 천한 일도 많이 할 줄 아는 것이다."라고 말한다. 그러면서 "군자는 많은 일에 능해야 할까? 그렇지 않다." "군자는 많은 일에 능하지 않는 법이다."라고 말한다. 후일 자장이라는 공자의 제자도 "나는 등용되지 않았기 때문에 재주가 많다."라고 말한 공자의 얘기를 첨언하여 전했다.*

태재라는 직함을 가진 사람은 공자에게 멸시를 주려고 이 질문을 의도적으로 던졌다. 출신 성분으로만 본다면 공자는 도저히 성인의 반열에 오르지 못하는 인물이다. 사마천이 『사기史記』에서 '야합野合'이라고 적시할 정도로 그의 출생은 평범한 집안에서 정상적으로 환영받으며 태어나지 못한 근원적 한계를 갖는 인물이다. 오직 '호학好學'을 향한 끝없는 의지와 노력으로 품성을 연마, 예禮의 완성자로 이미 당대부터 존경을 받았으나 지배계급으로부터는 끊임없이 냉대와 멸시를 감내해야 했다. 지배계급은 공자의 출신 성분을 근거로 기회 있을 때마다 공자를 깎아내리기에 여념이 없었다. 태재가 도발한 공자의 '다재다능多才多能'의 질문은 이러한 저간의 사실을 염두에 둔 다분히 계산된 질문이었다.

예부터 동양에서는 재주가 많은 것을 호의로 보지 않았다. '재승박덕才勝薄德'은 이를 일컫는다. 재주가 많다는 것을 '잡기雜技'에 능한 것으로 여겼기 때문인데 이는 인문과 도학道學의 엄숙주의 전통 탓이 크다. 태재는 공자가 뭇사람들의 존경을 받는 성인이지만 오히려 다재다능이 성인으로 결격 사유라는 것을 은연중에 비틀어 말했던 것이다. 공자는 태재의 이러한 의도에 아

---

* 大宰 問於子貢曰: 夫子聖子與? 何其多能也? 子貢曰: 固天縱之將聖, 又多能也. 子聞之曰: 大宰知我乎? 吾少也賤, 故多能鄙事. 君子多乎哉? 不多也. 牢曰: 子云, 吾不試, 故藝.

랑곳하지 않고 자신의 다재다능을 인정하며 한 걸음 더 나아가 다재다능한 이유를 설명한다. 자신이 재주가 많은 것이 빈천했기 때문이란 말은 생존을 위해 닥치는 대로 일을 하여 재주가 많다는 말이다. 그러면서 "군자는 많은 일에 능하지 않는 법"이라고까지 말한다.

이 말의 뉘앙스를 곱씹어 보면 자기 인생을 부정하는 것처럼 들리기도 하는데 공자는 다재다능이 결국 군자의 조건에 맞지 않는다고 말한다. 공자의 이 말은 현실의 직업으로서 생계 수단을 전전하는 불완전함을 되도록 경계하려는 의미로 보인다. 하게 된다면 한 가지 일에 전념하여 장인의 경지에 이르는 것이 최상이라는 공자의 직업관이 보인다. 빈천했기 때문에 다재다능했다는 공자의 얘기는 그것의 불가피함을 말하는 것이지 다재다능이 군자의 필요조건은 아니며 뭇사람들이 자신의 약점이라고 공격하는 부분을 스스로 더 드러냈다.

공자는 『논어』「위정」편 11장에서 그 유명한 '군자불기君子不器'라는 말을 했다. "군자는 그릇과 같은 것이 아니다."라는 얘기다. 군자는 그릇과 같이 일정한 용도에만 정해져 쓰이는 사람이 아니며 여러 일에 두루 통용되는 인물이라는 뜻이다. 이 얘기는 공자가 위에서 말한 '군자는 많은 일에 능하지 않는 법'이라는 공자의 성인관과 배치되는 말로 들린다. 그러나 공자가 한 군자불기의 말은 직업으로 다재다능의 필요성을 말하는 것이 아니라 세상을 바라보는 통합적 사고와 인식을 말한다. 한 가지 장인의 경지에 오른 사람은 그 한 가지에 매이는 것이 아니라 그 일로 인하여 세상을 보는 안목이 높다.

겸손은 사단四端 중 세 번째의 근거로 꼽을 정도로 사양지심辭讓之心'은 예의 표본인데, 공자는 이를 실제로 실천했다. '자기 알림'(PR)이 상식이 된 시대에 겸손이 미덕인 시대가 종언했다지만 겸손은 자신과 타인을 위한 깊은 배려라는 점에서 여전히 유효한 미덕이다.

2021

교언영색

소나무야 소나무야 언제나 푸른 네 빛
쓸쓸한 가을날이나 눈보라 치는 날에도
소나무야 소나무야 변하지 않는 네 빛

— 독일 민요 「소나무」 부분

아침에 일어나 직장 근처로 이동하여 가장 먼저 하는 일이 '운동'이다. 아침 운동 순서는 무게 운동을 한 후 러닝 머신에 올라 50분가량 빠르게 걷는다. 내가 뜬금없이 내 아침 일상을 시시콜콜하게 나열한 건 아침 운동 시간에 이루어지는 일과가 단순히 운동만 하는 '마초macho'의 육체 단련만이 아니기 때문이다. 내게 아침 운동은 '조간신문'을 보는 시간으로 세상의 흐름과 상식을 보충하는 열린 창의 시간이기도 하다. 스마트폰으로 뉴스 검색을 해결하는 경우가 많지만 러닝 머신을 이용할 경우 종이신문의 특유의 넓은 지면이 시각적인 부담을 덜어 주는 장점도 있어 자유롭다. 특히 신문을 러닝 머신 위에서 읽는데, 되도록 50분 안에 관심 기사를 독파하려고 노력한다. 뛰지 않고 걷는 이유도 신문을 보기 위함이다. 초점이 흔들려 눈 건강에 해롭다는 것을 익히 읽에도 아랑곳하지 않는 무대책 습관이다.

내가 이토록 러닝 머신 위에서 신문을 독파하는 이유는 운동 시간을 벗어난 이후에는 이상하게도 신문이 손에 잡히지 않기 때문이다. 설령 시간이 있다고 해도 말이다. 아마도 때를 놓친 식사 맛이 반감되는 경우와 같은 게 아닐까 싶다. 주로 관심 분야는 사회 문화면과 1, 2면에 실리는 '내 인생의 책'이란 꼭지다. 사회 저명인사들의 삶에 영향을 끼친 책을 본인이 선택 추천하는 내용인데, 내가 존경하는 사람들이 등장하기 때문에 책 목록을 만들어 놓을 정도로 주목하여 본다. 대부분 책과 사람이 잘 어울리며 고개가 끄떡여질 만큼 명불허전이다. 그 사람의 오늘이 있기까지 해당 책의 영향이 자못 크게 작용했다고 여겨질 때에는 책의 존재가 성스럽기까지 하다. 한 권의 책이 사람 의식에 미치는 지대한 영향을 모르지 않기 때문이다. "사람이 만든 책보다 책이 만든 사람이 많다."라는 말은 허튼 소리가 아닐 게다.

어느 날은 내 기대가 실망으로 다가왔다. 반가운 마음에 마중을 나갔다 엉뚱한 사람을 만나는 아연함과 같은 마음이었다. 한 사람의 인격을 직접 평가하는 일은 여전히 한계를 갖는다. 함께 살아 봐도 알지 못하는 게 사람의 됨됨일 텐데 사회 저명인사를 평가하는 근거 대부분을 언론매체에 의존한 탓에 한계가 자명하다. 그러나 이미 언론을 통해 알려진 그 평가가 적지 않은 불완전성을 내포함에도 전혀 근거 없는 것이 아닐 때가 있다. 평가는 공론의 영역에 노출된 사실을 바탕으로 시민이 하는 영역인데, 이때 평가는 사실의 조각에 의지한다. 매체 또한 오류로 인해 파생할 책임을 염두에 두며 경솔을 경계한다. 이런 조심스런 태도를 바탕으로 형성된 평가는 대개 지근거리에서 사실로 피어오른다.

이런 면에서 기존에 알려진 사실은 구구한 사연이 있음에도 기정사실로 굳어져 한 사람의 인격을 이미지화하는 데 기여한다. '내 인생의 책'이란 꼭지에 등장한 사람은 현직 야당 여성 국회의원으로 지난 10년(2007~2017) 동안 여당 의원으로 국정 운영에 직간접적으로 관여한 인물이다. 화려한 정치 이력과 달리 항상 논란의 중심에 서 있는 당사자로서 시민들이 생각하는 이미지와 평은 대체로 긍정적이지 못한 편이다.

이런 인물이 추천한 책이 선뜻 눈에 들어오지 않는 것은 당연한 일인지 모르겠다. 그가 추천한 책이 추천과 무관한 명망을 누릴지라도 그와 책이 조응이 안 되었다. 일종의 '케미chemistry'가 안 맞았다. 책으로서는 소개자를 잘못 만나 소위 '스타일'을 구긴 셈이다. 책은 변함없이 시대를 초월하여 위대하지만 소개자의 흠결 탓에 상처가 난 경우다.

글이 곧 그 사람이라면 책은 바로 그런 사람을 있게 하여 글쓰기를 가능토록 만든 위대한 교본이다. 현재 사람을 제대로 평가하려면 지금 보이는 모습보다 그 사람이 살아온 과거 이력을 보는 게 더 정확한 평가를 내리는 기준이다. 과거 삶의 이력이 충실한 사람이라면 앞으로의 삶도 궤도를 이탈할 가능성이 그만큼 줄어든다고 보는 것이 상식이기 때문이다. 따라서 내가 이 국회의원을 평가하는 일이 섣부른 예단이라는 혹자들의 염려가 있다면 안심해도 될 것이다. 그에 대한 내 인상기는 그만큼 사실에 가까울 가능성이 크므로.

지금까지 내가 살아온 삶의 경험으로도 나무와 열매의 연동 관계를 부정하는 어떠한 과학적 인과 근거를 들어본 적이 없다. 책이 전하고자 하는 메시지를 분명하게 인식했다면 언행도 그와 동일한 방향으로 해야 그 책을 추천하는 자격이 될 텐데 그렇지를 못했다. 예컨대 『전태일 평전』을 추천했다면 그가 의원으로서 대한민국 노동자의 인권을 위해 국회에서 어떤 입법을 했는가가 증명되어야 하며, 버지니아 울프의 『자기 혼자만의 방』을 권했다면 남성 중심 사회에서 여성의 인권을 위하여 그가 입법에 얼마나 관심을 가졌는지가 책을 추천한 의미로 확인되어야 한다.

그러나 아쉽게도 이 국회의원이 그동안 한 행태는 추천한 책과 이율배반의 언행이었다. 추천에 값하는 의미를 스스로 날려버린 셈이다. 타인에게 공개된 매체를 통해 추천할 정도면 감동이 수반되었을 것이고 감동은 자연스럽게 내면의 변화를 자극 행동으로 이어졌을 텐데, 이 사람의 평소 언행은 이러한 일관된 태도와는 거리가 멀었다. 개인도 그렇지만 특히 공인들은 언행일치를 보여야 하며 사익 추구보다 공익의 가치를 우선해야 한다. 국회의원이란 공익 활동을 사익 추구를 위한 수단으로 삼으며 공익을 저해하는 자들의 논리를 대변한 인물이 어떻게 시민의 뜻을 대표한단 말인가. 사람은 잘 변하지 않지만 시민에 봉사하는 공익의 대변자로 환골탈태하고자 한다면 기득권을 버리고 낮은 곳에서 헌신하는 자세를 가져야 할 것이다.

바라건대 어느 한 작가가 필생의 노력으로 완성한 위대한 책의 얼굴을 부끄럽게 하지 않는 저명인사가 되길 바란다. 책도 존경할 만한 소개자를 만나 떳떳하게 소개받았을 때 더 자랑스럽지 않을까.

2018

너머를 보는 눈

눈을 뜨면
핏발이 서고
혈압이 올라
눈을 감으니
답답하고 숨이 차서
그 또한 못견디겠으니
낸들 어쩌겠소.

— 나태주, 「신문」 전문

사람은 일상생활 속에서 다양한 매체를 통해 '정보'를 인식하고 그 인식을 바탕으로 가치판단과 행동을 하며 산다. 정보는 한 사람의 삶의 질과 심지어 생존의 문제까지도 깊숙이 개입한다. 더구나 정보의 홍수 시대를 사는 현실을 감안한다면 현대인들이 일상에서 정확한 판단을 근거로 취사선택해야 하는 정보의 양은 너무 많아 헤아리기 어렵다. 선택의 과정을 좀 비약하자면 쓰레기 속에서 진주를 찾는 것이 오히려 쉬운 일이다. 확률은 낮지만 선택에 대한 폭이 좁기 때문이다.

그러나 쓰레기 속에서 그 쓰레기와 비슷하지만 분명 다른 어떤 것을 골라야 한다면 결코 녹녹치 않을 것이다. 누군가에 의해 쓰레기로 위장한 진실인 탓에 숨은 그림을 찾는 노력이 선행되지 않는다면 모두 동일한 쓰레기로 오인할 가능성이 큰 까닭이다. 대중은 영상매체보다 활자매체의 정보를 더 신뢰하는 듯하다. 문자의 고정성과 확정성, 그리고 사유 과정의 진실함이 내면으로 충실한 여과를 거친 결과물이라고 여기기 때문일 게다.

예컨대 우리가 책 한 권을 대하는 자세에도 이러한 믿음이 은연중에 밴다. 낱장으로 된 활자가 한 권의 책으로 묶여지면 내용과 관계없이 일단 신뢰하며, 그 신뢰는 곧 생면부지의 저자에게로 자연스럽게 옮겨간다. 사실 활자의 존숭은 누대의 역사 속에서 그에 값하는 정직과 성실로 쌓아 올린 금자탑이지만 전통은 언제나 스스로의 변화와 갱신을 도모함으로써 그 값의 신성을 지켜 왔다. 이런 노력 탓인지 책은 신문의 가사보다는 그 부작용이 덜하다.

그러나 실시간으로 쏟아 내는 기사 내용은 사실과 진실이라는 언론의 사명이 무색할 정도로 과장과 왜곡 은폐가 일상적이다. 우리는 일반적으로 신문에 난 기사는 모두 사실일 거라는 확신을 전제로 정보를 수용한다. 확신이 강할수록 자기 생각 이외의 의견을 배제, 결국 독단으로 굳어진다.

이처럼 잘못된 정보가 위험한 것은 그것이 한 사람의 사고를 편향적으로 만들어 행동으로 귀결시키기 때문이다. 잘못 입력된 내용은 중간에 수정하지 않는 한 기계적으로 동일한 복사를 반복한다. 의도적 목적을 갖고 잘못된 정보로부터 개인의 합리적 판단을 보호하려면 신문에 난 기사가 사실이나 진실이 아닐지 모른다는, 후설이 현상학에서 말한 '판단중지' 혹은 '보류'와 같은 자세가 필요하다.

'정론직필正論直筆'이라는 언론의 엄정한 역할이 여전히 기대되는 상황에서 언론 스스로 본연의 사명을 인식해야 하는데, 우리의 언론 환경은 시민들의 기대와는 상반된 음습한 공간에서 기생한다. 언론이 자정 노력을 하지 않는다면 시민 스스로 진실과 거짓 사실과 왜곡을 직접 시정하기 위해 나서야 하며 그 일차적 방법이 올바른 정보를 선택하기 위한 비판 능력의 함양이다.

비판 능력은 비판을 위한 비판이 아니라 사실과 진실을 드러내기 위해 거짓과 왜곡의 배제를 의미하는 '지성적 투쟁'이다. 올바른 언론이라면 이미 임계점을 지나 범람하는 '가짜 뉴스'를 가려내고 비판하는 게 정도일 텐데, 오히려 한국의 언론 환경은 이를 획책하거나 편승하는 데 그치지 않고 가짜 뉴스의 진원지인 게 현실이다. 과연 그들이 금과옥조로 여기는 언론의 자유를 말할 자격이 있는지 묻고 싶다.

공자도 『논어』 「위령공」 27장에서 "많은 사람이 미워하더라도 반드시 살펴보아야 하고 많은 사람이 좋아하더라도 반드시 살펴보아야 한다."*라고 했다. 인재 등용의 중요성을 말하며 인격을 판단하는 데 세평世評에 부화뇌동하지 말고 신중을 기해야 한다는 의미다. 공자의 이런 신중함은 비단 사람을 평가하는 것에 국한하지 않으며 활자를 대하는 자세에도 기요한 덕목이다. 이미 기정사실화된 내용이라고 해도 즉각적인 수용보다는 한 걸음 뒤에서 그 기사가 갖는 의도와 배경을 객관화하는 태도가 중요하다.

제2차세계대전 종전 이후 프랑스 레지스탕스는 매국에 앞장선 지식인에 대하여 경중과 시효를 불문하고 가장 가혹하게 법적 단죄를 가했다. 무릇 지식인은 펜 하나로 피 한 방울 흘리지 않고 수많은 사람들을 사지로 몰아넣을 수 있는 사회적 영향력이 지대한 사람들이기 때문이다. 활자 생산자 특히 오늘날 한국 언론들이 반면교사로 삼아야 할 역사이며 시민 또한 매의 눈으로 언론의 일탈을 예의 주시해야 하는 이유이다.

민주국가에서 권력은 불완전하지만 삼권분립과 시스템을 통해 그나마 상호 견제가 가능하지만, 언론의 '펜'은 이 같은 최소한의 공적인 외적 시스템이 전무한 상황이다. 잉크가 굳기 전에 자성하지 않는다면 언론은 사회의 소금이 아니라 악성 바이러스를 옮기는 암적 대상으로 전락할 뿐이다. 과거엔 일부 특정 보

---

* 衆惡之, 必察焉, 衆好之, 必察焉.

수 언론에 국한된 중증이었지만, 작금의 상황은 광범위한 언론 영역에서 차마 언론이라 명명하지 못할 정도로 편재되어 있다. 사실과 진실로 쌓아 올린 시민의 신뢰는 이제 과거의 추억이 된 지 오래다. 그들 스스로 자초한 일이지만 지금의 언론 생태가 너무도 위태롭고 병적이다.

최근(2019) 조국 전 법무부장관의 임명 과정에서 언론이 보여준 작태가 악의적 언론의 종합판으로 좋은 예가 될 듯하다.

그럼에도 우리가 언론의 자정 노력의 촉구를 포기하지 못하는 것은 그만큼 공동체에 미치는 언론의 영향이 삶을 가르는 지표(청정함)이기 때문이다. '기레기', 명색이 '펜'을 업으로 하는 지성의 비판자가 들어서 될 말인가. 참으로 부끄럽고 수치스러운 일이다.

2020

안동 기행

내 고장 칠월七月은 청포도가 익어 가는 시절
이 마을 전설이 주저리주저리 열리고
먼 데 하늘이 꿈꾸며 알알이 들어와 박혀

— 이육사, 「청포도」 부분

양반문화가 고고한 유학의 땅 '안동'은 여건이 되면 꼭 한 번 가 보고 싶은 곳이었다. 안동 관문에 걸린 현판인 '한국 정신문화의 수도 안동'을 보며 지역민이 갖는 깊은 인문적 자긍심을 느꼈다. 안동 기행은 서현이의 역사교육을 위해서도 필요한 여행이었으며, 내게도 안동은 아이들을 가르치는 사람으로서 견문 차원에서도 실재를 내재화하는 유익한 여행이었다.

'하회마을'의 수려하고 풍광 좋은 자연지리의 위치와 주거 형태는 모든 사람들이 이상적으로 꿈꾸는 마을이었다. 공동체가 지향해야 하는 삶의 외형적 조건들을 완벽하게 갖춘 인상을 받았다. 환경이 인성에 미치는 영향을 고려할 때 국가든 개인이든 이러한 천혜의 자연조건은 완전한 인간상을 구현하는 데 중요한 요소로 작용할 것이다. 게다가 최상의 지리 조건을 정신으로 뒷받침하고 고양하는 '유학'은 안동을 명실상부한 정신의 본향으로 화룡점정畵龍點睛을 한 셈이다.

본격적인 마을 탐방에 앞서 '하회탈' 공연을 관람했다. 하회마을을 방문한 내방객 대부분은 하회탈 공연을 본 후 마을로 들어간다. 하회탈은 국보 121호로 양반, 선비, 백정, 초랭이, 중, 할미, 이매, 부네, 각시, 총각, 떡다리, 별채탈 등 총 열두 개의 탈이 있는데 이 중 세 개인 총각, 떡다리, 별채탈은 분실되고 현재 아홉 개의 탈만 전해 내려온다.

더운 날씨에도 많은 내방객들이 야외 공연장을 가득 메웠다. 관람객 중에는 벽안碧眼의 외국인들도 적지 않게 포함되어 신기한 표정으로 이국의 탈 공연을 즐겼다. 그들은 자국 가면무도회의 '낭만'과 '현실 비판 기능'을 갖는 한국 탈을 보며 어떤 생각을 했을까 자못 궁금했다. 동서를 막론하고 탈의 기능은 익명성을 바탕으로 상대와 지배체제를 풍자하고 비판하는 역할을 했다. '갑질'에 대한 '을'들의 이유 있는 저항이 예술이라는 고유한 형태로 발전한 셈이다. 적어도 공연장에서는 익명의 자유가 허용되기 때문에 풍자와 비판은 사회 모순과 부조리를 고발하는 순기능을 한다. 고대 희랍 연극이 카타르시스를 제공하는 정서 환기의 기능을 통해 일상의 묵은 감정을 씻는 역할을 한 일과 동일하다. 관객들은 풍자와 비판이 주가 되는 연극을 보면서 정서를 공유하며 현실 인식을 자각했다. 한국의 탈은 '익살'과 '해학'이 특징이다. 특히 하회탈은 '백정탈'과 '이매탈'(바보탈)이 등장하는 장면에서 관객들의 정서적 공명이 최고에 이른다.

이러한 이유는 아마도 사회의 약자이며 터부 대상인 기층 신분이 지배계층을 비판하기 때문에 느끼는 대리 공감 탓이라 본다. 중탈이 '부네탈'(젊은 부인)을 유혹하고 파계하는 장면은 수행과 인간의 욕망에 대하여 여러 가지 시사점을 보여 준다. 약방에 감초 '초랭이탈'의 비판과 풍자는 탈놀이의 감칠맛을 더해 주는 요소다. 장면과 장면 사이에 등장하여 현실을 풍자하는 역할을 하는데, 탈 모양이 이름에서 유추되듯 언행이 가볍고 방정맞게 생겼다. 그 방정맞은 언행은 현실비판을 순발력 있게 대응하는 장점으로 작용한다.

공연을 하는 동안 초랭이탈이 박경리의 『토지』에 나오는 '주갑'이 같다는 생각이 떠나지를 않았다. 어디에도 얽매이지 않는 자유인이며 현실을 정확히 진단하고 토해 내는 독설과 해학, 그리고 어린애 같은 천진함 등 많은 부분에서 유사하다고 느끼며 공연을 관람했다.

이번 안동 기행 중 하회탈 공연 관람은 '육사문학관' 방문과 함께 서현이가 오래도록 기억을 했으면 하는 일정이었다. 안동은 퇴계 정신의 발원지답게 '서원'의 고장이기도 하다. '병산서원'과 '도산서원'이 매우 인상 깊었다. 지대가 높아 낙동강이 한눈에 내려다보이는 곳에 위치한 병산서원은 그 풍광이 아름다웠다. 서원 뒤뜰에 수백 년 된 '배롱나무'는 서원의 연륜을 말해 주는 분홍색 나이테였다.

퇴계의 흔적이 완연한 '도산서원' 또한 하회마을과 같이 강을 끼고 비옥한 옥토를 전경으로 한다. 넓은 마당에는 오래된 버드나무가 세월의 무게를 감당하지 못하고 늘어졌는데, 특이한 점은 가지에 큰 돌이 박혔다는 점이다. 돌의 영원성이 버드나무의 삶을 영속하는 주술적 힘이 아닐까 하는 생각이 들었다. 내가 관심 있게 본 것은 유생의 기숙사였던 '농운정사隴雲精舍'와 퇴계가 직접 유생을 가르쳤던 도산서원 내의 '서당'이다. 이 두 채는 퇴계가 직접 지어서 생전에 유생들이 기거하고 공부하는 장소였다고 한다. 퇴계의 학문과 후학에 대한 친애를 확인하는 장소였다.

농운정사의 구조는 '공工' 자 구조로 되어 있는데, 학문에 정진하기를 바라는 퇴계의 소망이 반영된 형태라고 한다. '동 마루'와 '서 마루'에는 '시습재時習齋'와 '관란헌觀瀾軒'이란 편액이 걸려 있다. 시습재는 『논어』 첫 장에 나오는 "학이시습지學而時習之"에서 인용한 것이며 "배우고 때때로 익힌다."라는 의미다. 관란헌은 '물결을 바라보는 마루'라는 의미로 유생들이 휴식하는 마루였다고 한다. 농운정사와 서당 마루 기둥은 퇴계가 지었던 그대로의 모습으로 세월의 흔적을 담담하게 보여 준다. 나무의 결을 한참 동안 손으로 만져 보며 퇴계와 내 시간의 간극을 좁혀

보고 싶었다.

또 하나 관심을 끈 것은 두 개의 서고인 '동광명실東光明室'과 '서광명실西光明室'이다. '여기가 바로 퇴계 정신이 학문으로 승화된 진원지이자 보고寶庫이구나!' 당시 최고의 고전과 최신의 첨단 서적들이 즐비하게 채워졌을 것으로 생각하니 전율이 일었다.

두 서원 모두 공통점이 많았다. 우선 주변 풍광이 매우 뛰어났다. 당연한 일이다. 학문에 소진한 정신을 충일하는 데 자연만한 의지처가 어디 있을까. 완전한 인간상을 현실 속에서 구현하고자 매 순간 마음공부에 오로지했던 퇴계의 '인간학'을 다시 한번 생각했다. 인간으로 태어나 오로지 '배움'(학문)을 통해 성인에 이르고자 한 저 도저한 '정신주의자'에게 어쩌면 공자는 숭상을 넘어 극복의 대상이 아니었을까.

안동 가기 전에 미처 그 생각을 못 했는데, 천 원짜리 지폐에 그려진 퇴계와 도산서원을 서현이에게 보여 주며 이곳이 우리가 다녀온 곳으로 이 인물이 퇴계라는 것을 말해 줘야겠다. 지폐보다 더 좋은 학습이 없을 듯하다. 이 기회에 용돈도 올려 주고. 이게 바로 일석이조인가.

2019

가을

가을

짜장면을 먹고 단무지 한 조각을 집어 반은 잘라먹고
또 짜장면을 먹고 단무지 반 토막을 마저 먹고 물을
마시고 입을 훔치고 일어나 짜장면 값을 내고 문을 밀고
나오며 혹시 뭐 빼놓은 것은 없나 순서가 바뀌지는 않았나
너무 서두른 것은 아닌가

— 박순원, 「늦가을」 전문

"투명하고 삽삽한 한산 세모시 같은 비애", 박경리는 『토지』에서 '한가위'를 이렇게 표현했다. 가을을 생각하는 이미지는 저마다 다르지만 한국인들의 감성 속에 한가위는 가을의 여러 풍경 중 대표적 그림이며 가을은 또 한가위를 풍요롭게 품는다.

이런 한가위를 박경리는 한국인의 서정과 감성에 맞게 대체 불가능한 언어로 명징하게 규정했다. 즐거운 날을 '비애'로 표현한 것은 잔치와 축제가 갖는 '파장罷場'의 아쉬움과 더불어 "달도 차면 기운다."라는 성쇠의 법칙을 안타깝게 토로한 말이다. 그는 소설 속 독백-"태곳적부터 이미 죽음의 그림자요, 어둠의 강을 건너는 달에 연유된 축제가 과연 풍요의 상징이라 할 수 있

을는지."-에서도 가을의 풍요가 주는 허무와 쓸쓸함을 언급했는데, 이 말은 가을이 필연적으로 죽음의 계절인 겨울로 가는 길목이란 숙명을 함축한다고 봤기 때문이다.

이런 이유인지 모르지만 나에게 가을 이미지는 "투명하고 삽삽한 한산 세모시 같은 비애"로 다가온다. 너무도 투명하여 작은 생채기에도 유리처럼 아픈, 눈물 나도록 아름다운 계절이다. 양립이 불가능한 세상의 모든 역설은 그래서 가을을 모태로 한 것은 아닐까.

촉감으로는 끈적이며 달라붙지 않아 삽삽하고 사각거리는 감촉이 좋다. 이상 기온으로 계절을 잊은 '코스모스'가 간혹 뉴스를 장식하곤 하지만 역시 가을은 제철에 피는 코스모스의 계절이다. 가을바람에 살랑거리는 하늘한 자태는 잊었던 첫사랑의 로망을 일깨운다. 설령 첫사랑과 코스모스를 직접 경험한 추억이 없다고 해도 코스모스의 고유한 매력은 개인 삶의 로망 서사를 자극한다. 미소년 동주도 부끄러워하며 "정초한 코스모스는/오직 하나인 나의 아가씨"라며 동주라서 말하기 힘든 고백을 한 것도 코스모스였다.

늦은 밤, 운동(축구)으로 녹초가 된 몸을 이끌고 졸음에 겨운 눈을 비비며 막차에서 내리면 언제나 그 가을밤 정차장엔 늙은 아버지가 홀연히 서 계셨다. 버스가 들어오지 못하는 좁은 길이기 때문에 아버지는 아랫마을까지 한 손엔 지팡이, 또 한 손엔

75세 때의 아버지. 1990년 설날 아침 차례를 지낸 후에.

희미한 손전등을 들고 밭은기침을 하며 터벅터벅 내려오셨다. 지팡이와 밭은기침은 산짐승의 출몰을 예방하기 위한 인기척이었을 테지만, 이제 와 생각하니 당신의 무서움도 덜어 내는 나름의 방편이었다는 생각이 든다. 집으로 가는 길은 산으로 둘러싸인 좁은 구불길이고 어귀에는 '성황당'이 있기 때문에 무서움은 배가 되었다. 성황당 건너 골짜기에는 '애장터'라고 하여 일찍 죽은 아이들 무덤들이 즐비한 곳이라고 들은 탓에 발걸음이 떨어지지 않았다. 애장터 골짜기는 고향을 떠나는 날까지 한 번도 가 보지 않은 금단의 땅이었다.

그러나 내가 혼자 집을 가지 못한 진짜 이유는 따로 있었다. 성황당 주변에 저수지에서 빠져 죽은 동네 인척 형의 시신을 잠시 내려놓았던 기억 때문이다. 초등학교 저학년 때였는데 지금도 뇌리에 생생하다. 형은 쌍꺼풀이 예쁘게 진 요즘 말로 '꽃미남'이었다. 외사촌 형이 군대 가는 날 논산 훈련소까지 배웅을 한다며 우리 집을 먼저 들러 형이 왜 안 내려오냐며 유난히 좌불안석했다. 외사촌 형 동생과 함께 배웅을 갔던 형은 돌아오던 중 저수지에서 물놀이를 하다 그만 변을 당하고 말았다. 함께 물놀이를 하던 외사촌 형의 동생은 가까스로 목숨을 건졌지만 한동안 충격에서 헤어나질 못했다.

그 후로 성황당은 밤이면 내가 도저히 혼자 다니지 못하는 무서운 곳이 되고 말았다. 낮에도 성황당 앞을 지나려면 왠지 오싹했다. 외사촌 형이 빨리 내려오지 않는다고 이상하리만치 성화를 했던 형의 마지막 모습은 이후 두고두고 마을 사람들이 한숨을 내쉬며 그날을 회고하는 슬픈 전설이 되었다.

이런 밤길에 아버지가 구세주가 된 게다. 아버지는 고단한 몸을 이끌고 막내 자식의 무서움을 덜어 주기 위해 깊은 밤 내왕을 하셨다. 아버지가 앞장을 서면 나는 그 뒤를 바짝 따르며 집으로 향하곤 했다. 사실 아버지가 있어도 무서움이 완전히 사라진 것은 아니다. 내 뒤에 아무도 없다는 생각이 들면 누군가 뒤에서 잡아당기는 것만 같았기 때문이다. 앞에 가면 앞에 가는 대로, 뒤에 가면 뒤에 가는 대로 무서움이 엄습했다. 그때마다 무서움을 잠시나마 잊게 해 준 꽃이 바로 코스모스였다. 덜컹거리는 자갈길 옆으로 가지런히 모여 선 달빛에 반사된 코스모스는 아버지의 손전등이 무색할 정도로 황홀하고 아름다웠다. 효석의 메밀꽃처럼 "소금을 뿌린 듯이 흐뭇한 달빛에 숨이 막힐 지경"은 아닐지라도 무서움을 잊게 하는 데 모자람이 없었다. 힘들 때 위로가 되는 친구가 진정한 친구이듯 달빛에 비친 코스모스는 어쩌다 아버지 없이 집을 가야 하는 날엔 더욱 특별한 무언의 말동무였으며 보호자였다.

이제 적지 않은 연륜으로 세월 앞에 섰지만, 여전히 코스모스는 내 가을날 아스라한 추억의 현絃을 켜는 그리움이다.

2019

고삐 풀린 말

어울려 鐘이 울고
어느 한 개는
늘 잠잠하고

— 박목월, 「아가雅歌」 부분

역사 발전의 증거는 헤아리지 못할 정도로 많지만 그 중에서 빼놓지 못하는 게 문자의 대중화가 아닐까 싶다. 역사는 비로소 문자의 대중화를 통해 문자 독점의 기득권이 붕괴되면서 자유와 평등의 가치를 실현하는 기반을 구축했다. 말을 이야기하면서 거창하게 역사 발전까지 언급한 이유는 문자가 대중화되기 이전에 말이 의사소통의 유일한 요소로서 범람의 역기능도 있었을 것으로 보기 때문이다. 소통 수단의 선택 폭이 극단으로 제한된 환경이라는 것이다. 그러나 내가 아는 과거 기록 어디에도 의사소통에 말의 무용론을 지적한 글은 발견하지 못했다.

물론 동양 고전 속에는 교양의 측면으로 말의 과잉에 대한 경계는 늘 강조되어 왔지만, 무용론과는 격이 다른 '효용론'에 가깝다. 사실 '침묵沈默'이란 정적 태도도 꼭 필요한 말이 익어 가는 숙련의 시간을 말하는 것이므로 말의 효용론을 의미한다. 문자가 대중화되지 않았던 시절에 말까지 무용하다고 했다면 익명의 존재인 그림자와 벙어리로 살라는 말밖에 안 되는 일이었을 게다. 이처럼 말의 무용론이 드러나지 않았던 이유는 사회적 관계 속에서 말의 범람이 피부로 느끼지 못할 정도로 미미했기 때문이다. 오늘날과 달리 삶의 공간이 단순했기에 가능했던 일로 보인다.

현대인의 하루는 말의 홍수 속에서 산다. 복잡한 문명 속에서 생존을 위한 삶의 현장 자체가 말들이 성찬盛饌되는 곳이다. 그만큼 소외도 커 침묵이 주변을 감싸지만 그것은 타자에 의한 강요된 배제의 침묵으로 진정한 말의 수행은 아니다. 문자의 대중화는 역설적으로 말의 범람을 감소하게 만들어야 하는데 오히려 현실은 현대판 '문자'(SNS)의 활성화에도 불구하고 말의 총량은 임계점을 모르고 팽창한다.

문자와 말은 궁극적으로 소통 기능이므로 어느 한쪽이 강화되면 다른 한쪽이 약화되는 관계가 아니라 둘 다 강화되는 측면이 있긴 하다. 말을 다하지 못하여 문자를 빌리는 것이며 글로 다하지 못해 말로 보충하는 것이기 때문이다. 분명한 것은 문자와 말의 범람이 같은 무게로 주변을 사물화하는 게 아니라는 점이다. 문자의 특성은 기록(확정) 이전에 일차적으로 내면화의 경로를 밟아 상대적으로 말보다 훨씬 산만함이 초래하는 만성 피로에서 자유롭다.

요즘 TV를 보면 유명 강사를 초정한 프로그램들이 성업을 이룬다. 현실에서도 다르지 않다. 지자체나 지역 단체에서 초정하는 강사들은 이미 전국적으로 저명한 얼굴들이다. 그들이 하는 강의는 삶의 현실에 맞게 위로나 응원, 그리고 진정한 삶의 가치를 교훈으로 들려주는 내용이 주를 이룬다.

전국 어느 지역을 가도 마찬가지다. "좌절하지 마라." "용기를 잃지 마라." "도전하라." 등등 저마다 겪는 각자의 아픔들을 평균화 보편화함으로써 그 고통의 값을 덜어 다시 삶으로의 복귀를 도우려는 일로 그 자체를 백안시할 이유는 없다. 설령 유명 강사가 한 말이 재탕삼탕한 식은 말이라고 해도 누군가에게 이 말은 삶의 전환으로 작용하는 기폭제 역할을 할지도 모르기 때문이다.

그러나 한편으로는 이러한 말의 범람이 삶의 생기를 앗아가는 일은 아닐까 하는 노파심이 들기도 한다. 우리는 위로받거나 응원받기 위해 태어나지도 않고 또 그것에 쉽게 의지해서도 안 된다. 위로와 응원은 최선을 다한 후 본인 스스로에게 보내는 자가발전의 격려일 때 일차적 의미를 갖는다. 내 아린 환부를 너무 쉽게 외부 메스에 의지해서는 새살을 기대하지 못한다.

목월은 시인에게 말을 많이 하게 되는 '선생'이라는 직업의 비애를 쓸쓸하게 고백한 바 있다. '다변'을 주전자 뚜껑이 열린 것으로 비유하며 결국 열린 틈이 '비등점'에 이르는 섭씨 과정의 그윽함을 앗아간다는 취지였다. 깊이 공감하는 말이다. 나 또한 목월처럼 아이들 앞에 서서 말로 먹고 사는 업을 가진 사람이다. 매 학기마다 내가 하는 말이 이미 수없이 반복되어 생기를 잃은 말들이 적지 않았을 텐데 모골이 송연해진다.

기형도는 침묵을 '소리의 뼈'로 말하며 한 학기 동안의 수업을 침묵으로 일관한 고집이 센 교수님 때문에 "그다음 학기부터 우리들의 귀는/모든 소리들을 훨씬 더 잘 듣게 되었다."(「소리의 뼈」)라고 했다. 무소유의 법정 스님도 "침묵을 배경으로 하지 않는 언어는 사실상 소음"(「영혼의 모음」)이라고 했다. 말을 잘하기 위해서는 그에 값하는 침묵이 전제되어야 말이 비로소 생기를 얻고 말에 진실한 힘이 실린다.

고삐 풀린 말, 이제 마구간으로 들어가도록 채찍이 필요한 시간이다. 이쯤해서 한 가지 팁을 공개한다. 물론 이미 고수 앞에서 자주 쓰는 요긴한 처세일 테지만 침묵은 심지어 "바보들이 체면을 유지하기 위한 시간"(피천득, 「말과 침묵」)도 된단다. 그러고 보니 침묵하면 힘들이지 않고도 중간은 가네.

2021

과거의 재구성

별은 가도
별빛은 남아 오래오래 빛나리라

— 송찬호, 「나그네 별」 부분

작년 추석 이후 지금까지 나는 걷기에 흠뻑 빠졌다. 도하 걷기 열풍에 편승한 부분이 없지 않지만 내게 운동은 마치 식사를 해야 마시는 깔끔한 숭늉처럼 오래된 선후요 습관이다. 이런저런 이유로 일 년 동안 휴지기에 들어갔던 운동을 재개했는데, 그렇다고 일 년 전 그것과 동일한 운동은 아니다. 일종의 트레킹이란 점에서 이전 실내운동과는 여러모로 다른 운동 환경인 셈이다.

이렇게 실내를 벗어나 자연을 택한 가장 큰 이유는 내 안에 출렁이는 상념들을 닫힌 공간에서 관리하기가 너무나 고통스러웠기 때문이다. 일단 무작정 걸으면서 눈앞에 펼쳐진 풍경에 내 마음을 투사하여 나누고 위로받고 동일화하고 싶었다. 처음부터 호사스럽게 치유가 목적일 리 없었다. 그런 치유를 생각했다면 현재 나를 감싼 아픔이 주는 고통을 온전히 이해하지 못한 기능적 치료일 뿐이다. 내밀한 아픔과 마주하며 들여다보는 더 아픈 과정을 통해 치유는 한 줄기 빛으로 오는 자연스러운 선물일 테니까. 이렇게 시작된 나만의 트레킹은 어느덧 주변에 펼쳐진 다양한 풍경과 함께 걷는 '즐거운 소풍'이 되었다. 이러는 사이 무겁던 내 슬픔도 나도 모르는 사이에 엷어져 새로운 삶의 충일로 채색되어 가는 '모처某處'이자 '모처母處'에 이르게 된다.

그리움이라든가 추억은 미래에는 존재하지 않는다. 설령 존재한다고 해도 그것은 감각과 결합되지 못한, 머리로 하는 온기 없는 이미지일 뿐이다. 기억의 편린片鱗과 잔상들은 필연적으로 시간이 남겨 놓은 잔여물이며 특정 시기에 오래도록 정주하는 특성을 지닌다. 이러한 감정들은 오직 과거만의 산물이요 원적이다. 도래하지 않는 미래를 추억하며 그리워하는 사람은 없지 않은가. 때론 이러한 과거의 유별난 소유욕이 '퇴영退嬰'이란 누명을 쓰기도 하지만 우리가 현재 혹은 미래를 살면서 늘 과거를 의지하며 내일을 위한 자양분을 공급받는다는 사실은 변함없다. 개인에 따라 잊고 싶은 과거가 있을 것이고 또 기억하고 싶은 과거가 있을 테지만, 과거는 이러한 영욕을 고스란히 담고 한 인간의 현재의 삶에 실존으로 기능한다. 기억은 한 개인의 과거에서 좋든 싫든 돌올하게 선택한 생의 일부이며 조각이다.

누구나 마음속에 자신만의 피정처避靜處인 '망명지'가 존재한다. 망명지 내부는 조촐하고 소박하며 빛바랜 사진첩으로 이루어진 지난 시간들이 사는 '에덴'이다. 모던하고 화려한 것과는 거리가 멀며 자신만이 향수하는 허름한 소품과 주제가 망명지의 풍경을 이루는 전부다. 이 공간에서 자기 모델을 이루는 시원과 만남으로써 인간은 비로소 그동안 잊고 있던 내적 결여와 조우 자신의 현재의 삶과 마주한다.

요즘 내가 엄마와의 추억이 깃든 장소를 탐방하면서 시간이 거두어 갔을 한 인간의 체취를 재구성하는 일에 서늘한 것도 시간이 남긴 흔적을 만나고 싶어서다. 흔적은 엄마를 다시 그려 보는 퍼즐이다. 망명지에서 과거를 재구성하는 일은 인물로 한정되지 않고 그 인물이 향유했던 소소한 도구나 시대적 환경으로까지 거슬러 올라간다. 모든 인간의 삶은 시대와 역사의 자장磁場 안에 존재한다. 엄마의 삶도 예외는 아니었을 텐데, 생전에 왜 엄마의 소소한 얘기를 역사나 시대와 연관시켜 소통하지 못했을까.

이를테면 일제강점기는 어떻게 살고 6·25 때는 어떻게 목숨을 부지하게 되었는지 말이다. 평이했던 개인의 삶은 역사의 격랑과 만나면서 예기치 않게 출렁이며 앞날을 장담하지 못하는 경계에 놓인다. 사선을 뚫고 나온 엄마의 소소한 얘기를 가슴을 열고 들었더라면, 엄마 아니 한 인간의 삶을 더 깊이 품게 되었을 텐데 두고두고 아쉬운 생각뿐이다. 무심코 지나친 엄마의 소소한 얘기들이 사무치게 그립고 또 그립다. 요즘은 낯익고 조금 오래되어 낡은 것들에 더 눈길이 간다. 적지 않은 세월 동안 손때가 만들어 낸 편안함 때문일 게다. 길을 가다 마주치는 빈집과 미닫이 창문으로 된 선술집(상점) 등 어린 시절 눈에 익었던 풍경과 물건들이 발길을 잡는다.

특히 오래된 집이나 빈집을 볼 때마다 마치 옛집을 보는 것 같아 가슴이 먹먹하고 아리다. '저 집에도 한때는 아이들의 웃음소리 떠나지 않는 즐거운 나의 집이었겠지…….' '세상에 하나밖에 없는 거룩한 추장이 지상의 고단한 피로를 풀었던 몽상의 공간이었겠지…….' '궁핍했지만 부엌만 들어가면 무엇이든 뚝딱 만들어 나오는 추장 아내의 요술 손이 도마 위에 살던 집이었겠지…….' '둘도 없는 부부가 가난한 왕국을 이루며 새끼를 낳아 길렀던 꿈의 궁전이었을 테지…….'

사방 어디를 둘러봐도 잉여가 없어 애꿎은 손가락만 빨던 시절이 행복했던 이유는 결핍이 마술을 부렸던 그 손이 있었기 때문일 게다. 모든 것이 풍족한 지금, 포만감으로 채우지 못하는 '허기'가 불현듯 밀려올 때가 많다.

2011

노자처럼 살까, 맹자처럼 살까

하루아침의 분노로 그 자신도 잊고
그 누를 부모에게까지 끼치게 한다면
미혹된 것이 아니겠느냐?
一朝之忿, 忘其身, 以及其親, 非惑與?

— 공자, 『논어』「안연」21 부분

제목에서 풍기는 느낌 때문에 위대한 성인들의 삶을 고민하는 것으로 보이지만, 내가 말하고자 하는 의도는 완성된 그들의 삶의 지향이 아니다. 개인이 처한 평범한 생활 속에서 삶을 해석하고 관리하며 의미를 담는 태도를 말하기 위함이다.

노자가 나오면 공자가 나와야 고수들이 자웅을 겨루는 일합一合의 그림이 되는데 내가 맹자를 노자와 견준 것은 그럴 만한 이유가 있다. 유교의 비조임에도 불구하고 공자의 유교는—일반적으로 모든 종교와 철학의 교조에서 보이는 현상인—'근본주의' 성격이 없다. 오히려 철저하게 상식적이며 생활 속 실천윤리의 성격이 강하다. '아성亞聖'으로 불리며 공자 사후 소멸해 가던 유교를 재건 심화시킨 맹자의 유교는 이와 반대로 치열한 '정합성'

을 바탕으로 논쟁적이며 전투적이다. 세상 이치와 도리를 논함에 있어 시시비비를 분명하게 가른다.

물론 약육강식이 지배하는 혼란의 시대에 살아남기 위해 선택한 고육책이란 성격이 짙다. 내가 맹자를 거론한 것은 노자의 부드러운 수용성에 대비되는 맹자의 논쟁적 사변의 논리가 삶을 대하는 상반된 태도를 대조적으로 바라보는 데 공자보다 효과적이기 때문이다.

고단한 일상을 달래며 잠든 후 맞는 아침은 누구에게나 주어지는 '새날'이다. 이때 맞는 아침은 단순한 하루가 아니다. 기분 좋은 비약이 허락된다면, 이날은 재생과 부활의 순간이며 저마다 신성으로 가득 찬 태조의 아침인 셈이다. 그러나 안타깝게도 이런 숭고한 시간은 오래가질 못한다. 제일 먼저 신성한 날을 위협하기 시작하는 일들이 도처에서 벌어진다. 그것도 삶의 각축장으로 향하는 '도로' 위에서 말이다. 도로는 밤낮을 불문하고 '로드킬'이 일상이 된 예측불허의 공간이며 남은 힘을 주체 못 하는 불청객들이 판을 치는 소란과 소음이 기생하는 곳이다. 그 불청객들 중에 나도 예외가 아니다.

여기에서 중요한 일은, 그러한 행위를 도덕의 관점에서 판단하려는 게 아니다. 상황에 대처하는 개인의 자세를 말하려고 한다. 우리는 현실을 두부 자르듯 명쾌하게 정리하지 못한 채 살아간다. 문제는 이러한 현실에 즉각 반응을 하기보다 일단 수용하고 포용하면서 한 박자 쉬어 가는 일이 중요하다는 점이다. 맹자처럼 불의를 보고 반응하는 윤리적 분노가 상대를 굴복시키는 통쾌함이 있을지 모르지만, 그것은 맹자의 논리에 스스로 포섭되는 성숙한 인격이 전제될 때 가능한 일이다. 아무리 좋은 논리를 갖고 있다고 해도 그것을 수용하지 않는다면 소모적 대립과 갈등만 증폭될 뿐이다.

이에 비해 노자의 태도는 수용하며 관조함으로써 현상을 객관적으로 바라보려는 태도를 취한다. 상황 논리에 더 적합한 대응 방식이라고 본다. 복잡한 현대 생활에서 옳고 그름을 목적으로 하는 시비의 태도보다 일단 한 발 물러나 상황을 관조하는 태도가 즉흥적 감정에서 표출되는 정제되지 못한 행동을 관리하는 데 더 지혜로운 모습이라는 점이다. 맹자가 들으면 서운하게 생각할까. 그럴 필요는 없을 듯하다. 맹자의 육성은 목소리 크기에서 왔던 게 아니라 완벽한 논리에서 오는 치열함과 준엄함이기 때문이다.

이런 맹자의 육성을 현실에서 담보하게 된다면 사실 노자의 객관적 통찰과 관조를 굳이 추종할 이유는 없다. 논리까지 갖춘 우렁찬 목소리를 당해 낼 재간이 없는 까닭이다. 다만 이 글에서는 편의상 맹자의 정연한 논리를 감싼 목소리를 노자의 정적 자세와 대조를 이루기 위해 불가피하게 도드라진 선택을 했다는 점을 밝힌다.

상황이 발생하는 장소는 그야말로 '현실'이 아닌가. 사람들은 제 인생을 걸고 닦은 각자의 '비빌 병기'를 앞세워 '말言'에 불을 댕기기에 여념이 없다. 자칭 맹자의 아류들이 범람한다. 사실 현실에서 노자가 보이는 달관된 태도보다 맹자가 하는 호방한 언행이 더 매력적이긴 하다. 아직도 남은 태초 이래의 공격적 향수는 늘 현재를 유혹하는 본능일 테니 말이다.

나는 오늘도 빈번하게 발생하는 도로 위에서 고민한다. 삶 속에서 호승심으로 눈을 부릅뜬 맹자의 육성과, 이를 제어한 후 숨고르기를 한 번 더 권고하는 노자의 육성 사이에서…….

2015

눈사람처럼 작은 사람

> 선생님은 우리들을 불러 놓고 아름답고 재미있는 동시를 쓰랍니다. 슬프고 답답한 것은 쓰지 말고 신문이나 책에도 내어 주지 않으니 쓰지 말고 근사한 말을 잘 생각해 내어서 예쁜 동시를보기도 싫은 동시를또 쓰랍니다.
>
> — 이오덕, 「동시를 쓰랍니다」 부분

나는 '작은 사람' 하나를 둔 '아빠'다. 그 작은 사람은 성별로는 '여자'이고 나와의 관계는 '아버지와 딸', 세상은 우리를 '부녀지간父女之間'이라고 한다. 내 작은 사람은 초등학교 4학년에 다닌다. 일반적으로 우리 사회에서 이 작은 사람을 초등학교 때까지는 '어린이'라고 부른다. 어린이라는 말은 어른의 상대어로서 아직 어른이 되지 못한 사람이란 의미를 갖는다. 주지하듯 어린이란 말을 처음 사용한 사람은 소파 '방정환'으로 '어린이날'을 제정하고 어린이 인권의 중요성을 선언한 사람이다. 여기까지가 우리가 보통 아는 방정환과 관계된 어린이에 얽힌 사실일 게다.

방정환은 동학(천도교)의 3대 교주이며 3·1만세운동의 민족대표 33인 중 한 사람인 의암 '손병희'의 '사위'다. 방정환도 독립운동가이며 아동문학가였다. 어린이와 관계되어 더 중요한 것은 그가 동학 신도였다는 점이다. 동학이 위대한 것은 혁명이 아니라 '사상' 때문이다. 동학은 수운 '최제우'에 의해 1860년 4월 경주 '현곡'에서 창도된 민족종교다. 종교의 창도는 당대 시대상의 산물인데 동학도 내외적으로 처한 전대미문의 말기적 징후와 서세동점西勢東漸의 위기 속에서 창도된 종교다. 경전으로는 한문으로 된 『동경대전』과 대중들이 쉽게 종교 교리를 이해하도록 한글로 지어 만든 가사인 『용담유사』가 있다.

두 권의 경전은 동학이 추구하는 교리를 원리적 측면에서 제시한 것과 그것을 풀어서 설명한 것으로 나뉘는데, 동학사상의 백미는 2대 교주인 해월 최시형의 말을 기록한 『해월신사법설』이다. 동학에서 해월이 차지하는 비중은 스승인 수운에 비해 결코 작지 않다. 종교의 궁극의 목적이기도 한 '포덕'(포교)을 대중화했기 때문이다. 미완으로 남은 수운의 동학의 종지宗旨를 대중에게 세속화하는 데 결정적 역할을 한 인물이다.

특히 『해월신사법설』에서 해월은 동학의 종지이기도 한 '시천주侍天主' 즉 "사람의 마음속에 각자 한울님을 모시고 있다."라는 사상을 분명하게 천명한다. '하늘'(한울)이라는 절대적 존귀의 대상이 사람 마음속에 있다면 사람은 누구나 부당하게 억압되거나 침해당하지 않는 그 자체로 '천부인권天賦人權'을 가진 귀한 존재가 된다.

동학의 이 같은 사상은 주체적 인간 선언의 의미를 갖는다. 『해월신사법설』은 한 걸음 더 나아가 '여성'과 '어린이'의 인권을 특별히 강조했다. 게다가 「대인접물」 편에서는 "아이를 때리는 것은 곧 한울님을 때리는 것이니 한울님이 싫어하고 기운을 상하게 한다打兒卽打天矣天厭氣傷."라고 말했다.

이런 면에서 볼 때 동학의 정신은 한마디로 여성과 어린이 등 사회 기층적 존재들에 대한 '인간존중사상'이다. 고금을 통틀어 여성과 어린이는 인간으로서 제대로 대접받기는커녕 남성 중심 사회에서 일을 전담하는 도구적이며 부속의 존재로 취급당했다. 폭력과 억압이 일상화된 삶이었다.

어린이의 경우 생물학적 신체의 미성숙이 어른에 의해 무시당하거나 학대받는 이유가 되지 못함에도 불구하고 상대적으로 약한 그들이 받는 대접은 학대 그 이상의 수준이었다. 어린이에게는 어른이 보지 못하는 세계를 포착하는 숙련에서 나오지 못하는 때 묻지 않은 '최초의 발성'이 존재한다. 워즈워드가 말한 "어른의 아버지"란 말도 어른의 보완재 그 이상의 인격을 선험적으로 갖는 '완전체'라는 것을 말한다.

며칠 전 한 장의 사진과 동영상이 화제가 되었다. 초등학교를 방문한 문재인 대통령이 아이들에 둘러싸여 사인을 해 주는 장면이다. 그런데 한 아이가 대통령 앞에서 어깨에 둘러멘 가방을 급히 내리고 가방 속을 주섬주섬 뒤지며 무언가를 찾는다. 아이가 찾는 것은 대통령에게 사인을 받을 종이와 필기도구였다. 사람들의 주목을 끈 장면은 그다음에 일어났다. 대통령은 아이가 종이와 필기도구를 찾을 때까지 무릎을 낮추고 쭈그려 앉아 눈을 맞추며 아이를 기다렸다. 그동안 우리 정치 환경에서는 찾아보지 못했던 놀라운 장면으로 해외 토픽에서나 봄 직한 남의 일이었다. 이 장면은 많은 국민들을 흐뭇하게 했다.

그러나 개인적으로는 '내 아이를 어떻게 대해 왔던가' 반성하는 시간이 되었다. 한 번이라도 아이의 눈높이에서 이해하거나 기다려 준 적이 있는지 깊은 생각을 했다. 아이를 어른의 지도와 관리를 받아야 할 수동적 존재로 여겼을 터이기 때문이다. 이러한 생각이 아이의 자율성과 독립성을 침해하거나 훼손하는 정당한 이유가 되지 못하는데도 너무나 자연스럽게 행사되고 있었던 게다. 사랑이라는 이름으로 행사하는 세상의 모든 관심이 '묘약'이 되지는 않는다. 성장하는 아이에게 시간은 돌이키지 못하는 순간으로 제 때에 수혈받지 못한 자양분은 영원히 채우지 못하는 결핍으로 남는다. 아이를 대하는 눈높이가 성장의 거름인 이유일 게다.

빨리 서현이를 만나고 싶다. 너의 눈과 마주하게 된다면 키 큰 아빠의 무릎이 한없이 굽어져도 좋다. 아빠가 주는 사랑이 눈을 통해 너의 마음으로 흡수되어 눈사람처럼 녹는다면…….

2017

도무지 알 수 없는 한 가지

누구나 사는 동안에 한 번
잊지 못할 사람을 만나고
잊지 못할 이별도 하지
도무지 알 수 없는 한 가지
사람을 사랑한다는 그 일
참 쓸쓸한 일인 것 같아

— 양희은 작사, 양희은 노래, 「사랑 그 쓸쓸함에 대하여」 부분

사랑, 그 알 수 없는 심연은 바람일까? 구름일까? 특정하거나 약속한 일이 없음에도 사랑은 그렇게 홀연히 와 일상을 송두리째 뒤흔드는 '광시곡狂詩曲'이다. 사랑처럼 회자되는 흔한 말도 없지만 사랑처럼 설명하지 못하는 미묘한 감정 상태도 없다. 누구나 사랑을 말하고 사랑 같은 것을 경험하지만, 그때마다 사랑은 감정의 영원한 처녀지일 뿐이다. 수없이 반복된다 한들 사랑은 오래된 익숙함을 허락지 않는다. 천만 번을 사랑한다 해도 사랑은 언제나 결이 다른 최초의 '꿈결'이다.

내가 뜬금없이 '사랑학 개론'을 이야기하는 것은 문학에 그려진 인물들의 사랑을 읽으면서 다시 한번 사랑이야말로 인간이

살아가는 이유요 근원이라는 것을 새삼 확인했기 때문이다. 기쁨이 사랑의 한 요소이긴 하지만 오히려 사랑의 묘약은 아픔과 상처로 희열을 키우기에 고귀하다. 아픔을 두려워하는 자 혹은 사랑을 오로지 기쁨으로만 전유하려고 하는 자는 그래서 아픔이 생성해 내는 놀라운 사랑의 생명력을 경험하지 못한다. 사랑을 '경이驚異'라고 한다면 바로 이 지점을 두고 하는 말일 게다. 관습과 제도가 만든 크레바스crevasse 위에 발을 디디며 사랑은 초월을 꿈꾼다.

대하소설 『토지』가 위대한 작품인 것은 이미 상식처럼 공인된 여러 이유가 있지만 무엇보다도 인물들의 사랑의 서사가 큰 몫을 차지한다. 용이와 월선, 별당 아씨와 김환, 서희와 길상, 강포수와 귀녀, 유인실과 오가다지로 등등의 사랑이 소설의 내용을 풍부하게 해 주는 재료들이다.

내게 이들의 사랑은 각별하며 애틋하다. 세상의 모든 사랑은 저마다의 방식으로 지상에서 가장 순도 높은 균질을 생명으로 하는데, 이들은 이러한 사랑의 생명력을 진실하고 뜨겁게 구현한다. 이들의 사랑은 세속의 평균적 사랑에 대하여 본질적 질문을 던진다.

이외에 독자들이 놓친 '사랑' 하나가 더 있으니 바로 '윤씨 부인'과 '김개주'의 사랑이 그것이다. 무지개처럼 다양한 색으로 변주되는 역동적 힘이 사랑의 서식처일 텐데, 이들의 사랑은 시종 무겁게 침윤된 콘트라베이스다. 물론 주목하지 않고 넘어가는 그럴 만한 이유가 존재한다. 작품에서 그들의 사랑을 다룬 분량이 적고 소설의 도입부에서 단발로 끝난 탓인데, 그렇다고 그들의 사랑이 작품 전개의 주변부가 아니니다. 오히려 그들의 사랑으로 인하여 예기치 않은 운명과 인연은 그들 자신은 말할 것도 없고 그들과 가장 가까운 사람들의 운명을 바꾸어 놓았기 때문이다.

내가 그들의 관계를 언감생심 사랑이라고 규정한 것은 독자들이 이들의 관계가 사랑이 아니라고 여길 외면적 이유가 나름대로 적지 않은 까닭이다. 이런 이유가 독자들에게 그들의 관계를 무관심하게 만든 한 요소로 작용했을 게다. 눈으로 보고 단정한 상황에서 굳이 사랑의 '숨은 그림 찾기'를 할 이유가 없었던 것이다. 관점에 따라 그들의 사랑을 보는 태도가 다를 터, 마찬가지로 내가 그들의 관계를 사랑이라고 규정해도 그것은 수많은 관점 중에 하나일 뿐이다. 나는 오직 내 나름의 정서적 맥락에 충실하며 그들의 사랑의 흔적을 추적했다.

그들의 만남은 파괴적 순간에서 비롯되었다. '백일기도'를 하러 간 윤씨 부인을 겁탈한 장본인이 김개주이며, 그로 인해 김환을 낳았기 때문이다. 이후 윤씨 부인의 삶도 아들인 최치수의 삶도, 그리고 아픈 자식 김환의 삶도 복잡한 실타래 속을 부유하는 운명으로 묶인다. 윤씨 부인의 고백처럼 두 아들은 윤씨 부인에게 '두 개의 저울추'였다. 의식적 중립이 가져온 잔인한 자학은 세 모자에게 또 다른 결핍과 상처를 주었다. 인연이 비롯된 순간만을 생각한다면 분명 이들 관계는 사랑과는 거리가 멀다. 윤씨 부인의 입장에서 김개주는 자신의 의사와 반하는 가해의 주체이기 때문이다. 가해와 피해라는 양립 불가능한 윤리적 잣대를 벗어나기 어려운 지점이 존재한다.

세월이 흘러 김개주가 죽었다는 사실을 듣고 윤씨 부인이 흘렸던 '눈물'을 무엇으로 설명할 수 있을까. '사랑은 눈물의 씨앗'이라는 유행가 가사도 있지만 눈물이 사랑의 증표라고 딱 잘라 반증하는 일은 진부하다. 눈물이야말로 세상의 모든 사연 속에서 생성된 감정의 산물이 아닌가.

그럼에도 윤씨 부인의 눈물이 죽은 김개주를 향한 단순한 원망과 미움의 눈물이 아님을 다음의 말에서 유추할 수 있다. "이십 년 넘는 세월 동안 그의 바닥에는 한 남자가 살고 있었다." 제어하지 못하는 원망과 미움이 있었으되 '파멸'로 이어지지 않은 것은 이것을 초극한 '어떤 것'이 있었기에 가능했을 것이다. 단순히 일회성으로 벌어진 결과에 절대 원망과 미움은 대개 오래 가지 않는다. 지울 수는 없겠지만 '운수 나쁜 날'로 치부하면 그뿐이며, 개인의 삶을 소비할 만큼의 현재적 가치를 느끼지 못하기 때문이다.

그러나 원망과 미움의 결을 회억回憶하거나 품는 것은 그 속에 박힌 심연을 확인하는 일로 매우 복잡 미묘한 감정을 배경으로 한다. 미움과 원망이 감히 사랑의 또 하나의 얼굴이라는 말이 허락된다면 이러한 사연들로 서로 점철된 인연들이 아닐까 생각해 본다. 누구도 알지 못하며 이해하지 못하는 어떤 것, 지극히 하나하나 개인과 관계된 그들만의 밀어, 그것이 사랑이 아닐까.

소설 속에서 그들은 그 일 이후 딱 한 번 만났으나 대화를 한 적이 없으며 단지 김개주만이 동학혁명 때 최 참판 댁을 쳐들어와 "나를 한 번 쳐다보시오 나 김개주요 나를 용서하시오 살아줘서 고맙소 환이가, 부인의 아들이 헌헌장부가 되었소 그 말을 전해드리고 싶어서 이렇게 왔소."라고 말했을 뿐 윤씨 부인은 김개주의 얼굴을 똑바로 보며 미동도 하지 않는다. 그들의 만남은 그 일 이후 그것이 처음이자 마지막이었다.

소설 속에서 둘이 만나는 순간은 가장 극적이며 최고의 명장면이다. 절절한 얘기들이 숨겨진 무언無言의 대화는 세월의 무게를 축약하며 뛰어넘는다. 작가는 이들의 만남을 평범한 대화가 오가는 것으로는 도저히 감당하지 못하는 장면으로 봤기 때문에 말로 형언하지 못하는 한계를 윤씨 부인의 얼굴 표정을 통해 은유하도록 했다. 얼굴의 섬세한 변화는 마음의 상태를 시시로 읽는 글이지 않은가. 때론 감당하지 못하는 순간을, 침묵은 천 마디의 말보다 진실하게 담는다. 영상으로 그들이 만나는 순간을 재현한다면 아마도 소설에서 가장 숨 막히는 장면이었을 것이다.

내일이나 모레나 그 어느 날에도 도무지 알 수 없는 한 가지는 미움과 원망조차도 그 이상의 감정으로 숙성하는 측량 불가한 그 어떤 것이 아닐까.

2018

마馬 교수를 생각하며

박제剝製가 되어 버린 천재를 아시오?
나는 유쾌하오. 이런 때 연애까지가 유쾌하오.
(……)
날개야 다시 돋아라.
날자. 날자. 한 번만 더 날자꾸나.
한 번만 더 날아 보자꾸나.

— 이상, 「날개」 부분

지금 나와 같은 땅 같은 하늘 아래 같은 삶의 환경에서 함께 숨을 쉬는 존재는 모두 얼마나 소중한 인연들인가. 같은 공동체 안에서 형성된 동일한 정서와 감성은 혹여 있을지 모를 인연을 위해 더없이 좋은 스토리의 배경과 특별한 말이 필요 없는 소통의 실타래가 된다. 우리 귀에 익숙한 '우리가 남이가'라는 말도 기실 이런 삶을 고리로 형성된 포용 정서일 게다. 이 말이 한때 저지른 전과—즉 정치적 배제의 언어로 작동한 나쁜 선례—를 상기하면서 말이다.

이런 면에서 나는 앞으로 만날지도 몰랐던 수많은 잠재적 인연 중 하나를 잃고 말았다. 얼마 전 작고한 '마광수' 교수를 말한다. 시대와 불화한 죄로 죽음을 받아 든 그는 우리 시대의 고질적 색맹으로 자신의 진가를 외면당한 또 하나의 대표적 타살 대상이 되었다. 직접 만나 본 적은 없지만 일찍부터 그의 책과 세상이 붙여 준 '기이함'이란 주홍글씨를 오래전부터 사숙했다.

특히 윤리적 이미지로 굳어진 '윤동주'의 시를 '심리주의 비평' 차원에서 연구한 '논문'(박사)은 문학 그 자체의 내적 자율성을 갱신한 쾌거였다. 기존의 틀과 형식을 파괴함으로써 그것으로 인해 은폐된 진실을 바로 보려 노력한 결실이었다. 어느 시대든 우상은 존재해야 하지만, 존재에 앞서 반드시 선행되어야 할 일은 '메질'을 통해 단단해진 뼈만 남은 황홀한 우상이다. 우상화된 우상은 해체와 파괴의 대상일 뿐인데 윤동주 연구는 그의 이러한 본질에 대한 천착이 빚어낸 역작이었다. 그의 노력으로 윤동주의 삶과 시는 천편일률적이던 민족적 윤리적 획일성을 벗어나 새로운 차원의 지평을 열었다.

그의 비보를 접하고 서재에 꽂힌 책들을 둘러보았다. 눈에 들어온 책이 그를 상징하는 책인 『나는 야한 여자가 좋다』였다. 지금도 가끔 들여다보는 책이기 때문에 전혀 낯설지 않았다. 제본이 해어져 책의 낱장이 떨어진 부분이 많았고 곳곳에 빨간 볼펜 흔적이 역력했다. 첫 장을 열어 보니 '89년 3월 16일', 책을 구입한 날짜가 보였다. 89년이면 내 나이 한창 혈기 방장한 22살 때였다. 호기심으로 구입하여 넘겨본 책장은 기대처럼 도발적 '야함'은 없었다. 사람의 심리에 근거를 두고 논리를 전개해 나갔기 때문에 오히려 신선했으며, 가식과 허위로 포장된 현실을 난타하는 자유와 해방의 통쾌함이 가득했다. 강요된 도덕적 편견이나 고정관념을 조금만 탈피하면 너무도 타당하며 설득력 있는 글이었으나 세상은 그와 그 책을 마녀사냥하기에 혈안이었다.

또 하나 잊지 못하는 것은 그가 책 논리 전개의 근거로 동원한 수많은 책들에 더 열광했던 일이다. 그가 제시한 책들은 대부분 내가 처음 접하는 생면부지의 책이었으며 그가 일부 인용한 책의 나머지 내용이 궁금하여 푼돈을 아껴 사 보곤 했다. 지금도 내 서재에는 그 젊은 날 지식에 목말라 걸신처럼 사들인–그를 통해 알았던–책들이 내 정신의 공신功臣처럼 득의에 찬 배경을 하고 근엄하게 결가부좌를 틀고 있다.

예술은 어디까지나 예술일 뿐이다. 예술의 표현이 직접 폭력과 사회 안녕을 해치지 않는 이상 그 행위는 존중되어 마땅하다. 혐의를 실정법으로 확정하는 기준이 사회 통념에 반하는 생각을 구체적 행위를 통해 실행했느냐가 관건이라는 사실을 생각할 때 예술가가 자기 생각을 지면에 표현하는 글을 실정법으로 처벌하는 일은 그 자체가 야만의 증거다.

예술은 눈앞의 '여기'를 보는 행위가 아니라 눈에 보이지 않는 '저 너머'를 보고 표현하는 행위다. 저 너머는 상상을 통해 초월을 감행해야 보게 되는 영역이다. 그러니까 현실의 윤리와 도덕의 기준으로 상상의 영역을 제단하며 평가한다는 일이 얼마나 어리석은 짓인지 극명하게 드러난다. 꿈을 이야기하거나 꿈을 표현한다고 감옥에 보내는 사회가 정상 사회는 아닐 게다. 우리는 그런 바보스러운 짓으로 낮에도 꿈을 꾸며 상상을 상상하는 자에게 일방적으로 검은 밤의 윤리만을 강요했다. 정신의 위축은 예술가를 죽이는 일이다. 분단의 현실을 내세워 강요하는 엄숙주의는 이데올로기가 기생하기 좋은 천혜의 조건으로 지금은 그 폐해가 사라졌다고 과연 단언해도 되는지 반문해 볼 일이다.

한국 현대사는 표현의 자유를 억압한 국가 폭력에 저항한 예술가들의 자유를 쟁취하기 위한 도저한 역사였다. 독재 권력과 대응했던 엄혹한 시절에 일상적으로 일어난 '필화筆禍' 사건은 이를 증명하는 세지 못하는 징험徵驗들이다. 희대의 국정 농단 사태의 중심에 서 있는 '블랙리스트'도 '헌법'(제22조)에 명시된 표현의 자유를 억압한 범죄였다.

나는 오늘도 늘 그래왔던 것처럼 그의 책에서 얻은 영감을 바탕으로 한국문학과 세계문학을 이야기했다. 다만 평소와 달랐던 점은, 아깝고 또 아까운 비통한 마음을 추스르며 그를 소외시킨 '공범'이라는 죄인의 마음으로 아이들 앞에 섰다. 천재가 일찍 와도 죽이지 않는 사회는 영영 불가능한 꿈일까.

이 가을 공활空豁한 날, 이 땅에 일찍 내왕했지만 비상飛翔은 물론 추락해도 날개가 없어 요절한 천재들의 비운을 쓸쓸히 생각해 본다. 요절이 어찌 젊은 죽음만의 전유물일까. 자연사에 반하는 세상의 모든 죽음들은 임종臨終이 사라진 요절인 셈이다.

2017

마당과 대문

마음은 빈집 같아서 어떤 때는 독사가 살고 어떤 때는
청보리밭 너른 들이 살았다
볕이 보고 싶은 날에는 개심사 심검당 볕 내리는
고운 마루가 들어와 살기도 하였다
어느 날에는 늦 눈보라가 몰아쳐 마음이 서럽기도 하였다
겨울 방이 방 한 켠에 묵은 메주를 매달아 두듯 마음에
봄가을 없이 풍경들이 들어와 살았다

— 문태준, 「빈집의 약속」 부분

내게 '대문'과 '마당'은 유년 시절을 압축적으로 떠올리게 하는 회고의 공간이며, 고향 하면 떠오르는 '객관적 상관물' 중 하나다. 지금도 이런 시골집을 발견하면 차에서 내려 한번 둘러보고 싶은 충동에 빠지거나 잠시 유년 시절의 상념에 젖곤 한다.

요즘 시골집 대문들은 도시 대문처럼 '철 대문'들이 즐비하다. 철 대문이 있다는 것은 집 구조도 대부분 현대식 가옥임을 말한다. 나무로 된 낡은 대문은 이제 쉽게 보지 못하는 풍경이 되었다. 옛집 또한 여간하여 흔히 목도하지 못하는 풍경이 되었다. 깨끗한 것으로 말한다면 세련된 도시풍의 철 대문만 한 게 없지

만, 낡고 오래된 시골집 대문이 풍기는 세월의 풍화가 주는 편안함에는 미치지 못한다. 철이 갖는 금속성보다 나무의 편안한 질감이 정서적 친밀감이 높아 사라져 가는 나무 대문이 더 애틋하다. 나무 대문은 대개 양쪽으로 긴 담장을 아우르는 역할을 하는 탓에 집안 내외의 경계와 영역을 권위적으로 드러내는 위엄이 있다. '싸리문'이 갖는 돌담 혹은 흙담의 소박함과는 결이 좀 다르다.

어릴 적 우리 집은 대문이 없는 집이었다. 시골에서 대문이 있는 집은 대개 밥깨나 먹는 살 만한 집이었으며 대문 밖에 웬만한 넓은 마당을 갖고 있는 게 보통이었다. 어느 집이든 대문의 존재 여부와 관계없이 '뜰'이라고 하는 조그마한 마당이 있지만, 내가 여기서 말하는 마당은 대문 밖 마당이다. 대문 밖 마당은 대문 안 주인이 마을에서 차지하는 위상을 대문과 함께 대외에 과시하는 오지랖이며 영토 종주국의 의미를 갖는다. 마당은 대문과 더불어 한마을에서 일어나는 실제 힘의 분배를 상징적으로 보여 주는 공간이다. 특히 대문과 마당을 갖춘 집은 토지 중에 논농사를 적지 않게 짓는 집이 대부분 이어서 쌀은 그 집의 실질적 부를 판가름하는 중요한 요소였다.

어린 마음에 대문과 마당이 있는 집과 그곳에 사는 아이를 늘 부러워했다. 대문 밖 마당은 주인집의 생활공간으로 활용되지만, 그곳은 동네 아이들에게 꿀맛 같은 놀이 공원으로 더 유용하

1978년 가을, 아버지 생신날 찍은 집 전경.

게 활용되는 공간이기도 했다. 끼니를 잊은 채 해 지는 줄 모르고 놀다 등 뒤 귀청을 때리는 엄마의 근심스런 목소리를 전해 준 곳도 마당이었다. 동네 대소사도 이곳 마당에서 이루어졌다. 칠석날 '콩국수'를 말아 먹던 기억과 '칠갑산'에 무장간첩이 나타나 이장님에게 지루한 반공 교육 일장 연설을 들었던 곳도 마당에서였다.

이렇게 마당은 한집안의 소유 공간을 벗어나 마을공동체의 유대와 정이 흐르는 또 하나의 집이었다. 도시 생활의 답답함도 결국 주거환경의 과밀에서 오는 정서적 압박감이 원인일 텐데, 이는 전원생활을 향한 바람으로 이어지며 대문과 마당을 갖춘 단독주택을 꿈꾸게 한다. 오늘도 여전히 차를 타고 나무 대문이 보이는 '마당 넓은 집'을 지난다.

김원일은 그의 소설 『마당 깊은 집』에서 춥고 배고팠지만 그래도 사람의 훈기가 있는 추억을 회상했는데, 내 기억 속에 마당은 넓은 세계로 통하는 시원이었다. 마당을 지나 나무 대문을 열고 들어가면 이젠 기억 속에 희미한 고향 사람들을 금방이라도 만날 것 같은 환영에 젖는다.

2017

막걸리 명상

나는 비 오시는 날 저녁때 뒷골목 선술집에서 나는
불고기 냄새를 좋아한다. 새로운 양서洋書 냄새,
털옷 냄새를 좋아한다. 커피 끓이는 냄새, 라일락 냄새,
국화·수선화·소나무 향기를 좋아한다.
봄 흙냄새를 좋아한다.

— 피천득, 「나의 사랑하는 생활」 부분

일상의 삶 속에서 나만의 공간을 갖는다는 건, 마치 태반 속 아이의 몽환처럼 외부의 산만한 시간들을 걷어 내고 오로지 자신과 마주하는 황홀한 순간이다. 요즘 유행하는 '멍 때리기' 시간인 셈인데 생존의 현실 때문에 불가피하게 작동해야 하는 의식의 지향을 잠시 멈추고 그야말로 머리를 쉬게 하는 휴식 시간이다.

이 시간은 칸트가 말한 '사심 없는 관조'의 시간이며 노자가 말한 '무지용無之用'의 시간이기도 하다. 미美와 추醜, 선善과 악惡, 그리고 성聖과 속俗의 판단 작용을 거두어들임으로써 자신의 내면과 만나는 '여백의 시간'이다. 굳이 그 공간이 '산문山門'의 환경일 필요는 없다. 저잣거리의 소음은 물론이요 측정 불가

한 마음의 한 조각도 융이 말한 '자기self'를 보려는 의지만 있다면 언제든 '바다'이기 때문이다. 이렇게 하여 걸린 마음속 '편액扁額'은 나의 현재 상황을 명료하게 설명해 주는 화두가 된다. 한 잔 술을 앞에 두고 사족이 길었다. 글이 아니고 술자리였다면 분명 한소리 들을 일이다. 술맛 떨어진다고.

내게도 이런 시간이 있으니 바로 술을 마시는 시간인데 그 술이 다름 아닌 '막걸리'다. 막걸리는 농본 국가의 전통 서민 술로 기층민의 배고픔과 노동의 애환을 위무해 주는 주식主食 그 이상의 성격을 가진 대표적 먹거리였다. 때와 장소, 그리고 시대의 변천에 맞게 그 이름도 농주農酒, 탁주濁酒, 박주薄酒, 대포 등 여러 이름으로 불린다.

막걸리를 마시는 일은 하나의 '성스러운 준비 과정(?)'이 포함된 '즐거운 행사'다. 이처럼 즐거운 행사를 만끽하는 마음이 생기려면 그전에 이러한 조건들이 충족될 만한 몇 가지 일들이 생겨야 가능하다. 우선 횟수가 잦아지면 늘어지며 자족의 성격이 희석되기 때문에 적당한 간격이 필요하다. 한 달을 기준으로 보면 외출과 외식이 없는 한두 번의 주말과 휴일 오후가 이에 해당한다. 글을 쓰고 난 후라면 행복한 노동인 '탈고'의 해방감이 스멀거리며 정점을 찍을 때다. 막걸리 생각이 날 때 인근 마트에 들르는 즐거움은 무엇과도 바꾸지 못하는 생활의 소소한 기쁨이다.

그러나 대개 가까운 양조장을 직접 방문, 스스로 수고를 마다하지 않을 때가 많다. 그곳에 비로소 발품을 팔아야 내 입맛을 사로잡은 특별한 막걸리를 만나기 때문이다. '원액'(모리미)을 적당히 첨가한 막걸리는 그야말로 막걸리 본연의 밀도 높은 텁텁한 식감을 자랑한다. 이러한 과정들은 일종의 '세팅setting'을 기획하는 즐거움이 수반되는 작업인데 음용飮用이 주는 행복감 못지않다. 오히려 준비 과정이 큰 즐거움을 준다.

몇 해 전인가 회화과 학생에게 부탁을 하여 주전자에 신윤복의 그림 '월하정인月下情人'을 새겼다. 내겐 보물이며 세상에 단 하나밖에 없는 주전자인 셈이다. 플라스틱 용기에 담긴 기성 막걸리의 느낌보다 나만의 정자亭子에 초대된 막걸리답게 한 잔을 마셔도 운치 있게 마시는 게 황홀한 자족의 순간을 풍요롭게 할 것이기 때문이다.

막걸리에 대한 유난은 아마도 내가 농촌에서 태어나고 자란 환경 탓일 게다. 내 기억에 막걸리는 논농사를 주로 짓는 집에서 많이 애용한 술이다. 밭농사가 전부였던 까닭에 아버지는 막걸리를 많이 마시지 않았다. 어쩌다 심부름을 하게 되면 돌아오는 길에 한 모금 두 모금 홀짝홀짝 마셨던 기억이 침샘을 자극한다. '하꼬방'(지금의 구멍가게)이라 부르던 작은 상점 구석에 목을 길게 빼고 익어 가던 술도가의 시큼한 냄새를 잊지 못한다.

고향에서 마시는 막걸리 맛은 더욱 특별하다. 나를 키운 팔 할의 바람과 대지, 그리고 부모와 조상들이 잠든 '영지領地'에서 마시는 흠향歆饗'의 의미를 갖기 때문이다. 세상에 먹고 마시는 모든 행위는 인류의 기원부터 단순히 생존만을 위한 저작 행위를 초월한다. 원시 인류의 제례상 위에서도 먹고 마시는 행위는 삶과 죽음의 경계를 초월하여 '음복飮福'을 통한 영속을 기원한 의식의 매개였다.

끈끈했던 여름의 자리에 가을이 사각거리면 고향에서 손짓하는 아련함이 있으니, 코를 길게 뺀 피노키오가 된 '주전자'와 '술잔'이란 놈이다. 귀향한 큰형님 댁에 갖다 놓은 '커플'들이다. 가을 어스름이 길어질수록 피노키오의 코도 덩달아 길어지고 내 귀향도 숙성처럼 익어 간다. 그러고 보니 "저녁 어스름은 시인의 보람이"라고 그가(천상병) 넋두리하며 주로 마신 술도 막걸리였다.

2016

벌초하는 날

엄니 누워 계신
종산에 간다
웃자란 머리
손톱 발톱 깎아 드리니
엄니 그놈 참
서러운 서른이 넘어서야
철 제법 들었다고
무덤 옆
갈참나무 시켜
웃음 서너 장
발등에 떨구신다

— 이제무, 「벌초」 부분

'벌초伐草'의 '벌伐'은 '정벌征伐' '토벌討伐' 등 상대를 적으로 규정하여 제압하거나 치는(칠 벌) 의미를 갖는다. 연약한 풀을 상대하는 것치곤 너무 규모가 큰 전면전을 벌이는 형국이다. 벌초와 같은 의미로 쓰이는 '금초禁草'는 아예 풀을 나지 않게 한다는 의미라서 풀이 자란 후에 베는 벌초와 엄밀하게 말하면 좀 다른 뜻을 갖지만 보통 구별 않고 쓰는 용어들이다.

풀은 위로 자라는 속도보다 옆으로 번지는 팽창 속도가 뱀처럼 빨라 처서處暑 이전까지는 온통 그들만의 녹색 그라운드의 절대 지배자로 군림한다. 얼마나 팽창 속도가 빨라 점령군으로서 위세를 떨치면 일개 풀을 상대하는 인간이 전광석화의 작전처럼 '벌伐' 자를 썼을까 짐작이 간다. 완전 무장한 모습이 병사의 출정식을 방불케 하는 것도 이 때문일 게다.

해마다 처서 이후 추석 전에 벌초를 하러 간다. 연례행사인데 내게 벌초는 부모와 조상들이 잠든 고향에 미리 하는 추석 '성묘'다. 큰형님이 틈나는 대로 벌초를 해 놓으시기 때문에 당일에는 벌초의 수고와 번거로움보다는 사촌을 포함한 형제들을 만나는 의미가 더 크다.

큰형님은 11년 전(2011) 종산宗山 근처 동네로 귀향을 했다. 형님에게 귀향은 부모와 조상의 숨소리를 지키는 석수石獸의 '시묘侍墓' 여생인 셈이다. 동기간들도 고향에 형님이 있어 여간 든든한 게 아니다. 벌초하는 날은 형수님이 화덕에 끓이는 백숙과 고소한 콩국수, 그리고 내가 양조장에서 직접 길어 간 막걸리를 먹는 즐거운 소풍날이기도 하다. '제사보다 젯밥'에 더 마음이 있으니 어쩌랴.

그러나 이러한 즐거운 소풍날을 우울하게 만드는 모습이 눈에 띄곤 한다. 갈 때마다 창공을 향해 두 팔 벌린 굳고 힘센 소나무와 잣나무 등 교목喬木과 다양한 개성을 뽐내며 눈길을 사로

잡는 관목灌木들이 흔적도 없이 사라지고, 예전에 없던 봉분들이 그 자리를 대신하고 있기 때문이다. 벌목에 대한 불법 차원을 떠나 그늘이 사라진 산은 마치 사막처럼 황량하여 어디 한곳에 마음 둘 편안한 공간이 없다.

더 문제가 되는 일은 아직 산 사람들이 만들어 놓은 '가묘假墓'에 아연실색하고 만다. 아직 도래하지 않은 자신의 죽음을 대비하기 위해 왕성한 생명의 기운을 내뿜는 아름드리 나무를 베는 행위는 또 다른 명백한 살인이 아닌가. 황혼에 이른 한 인간이 삶을 대하는 초탈한 품격은 정녕 기대하기 어려운 경지인지 안타까울 뿐이다.

우리의 전통 매장 문화를 논하는 자리에서 굳이 외국의 사례를 들기가 내키진 않지만, 그들의 조상이 묻힌 땅이 울창한 '숲 공원'이란 점은 시사하는 바가 크다. 그리고 여전히 부럽다. 누운 묘비명 위로 떨어지는 낙엽을 밟으며 공원에 선 그들의 후손이 자기 시원을 확인하는 옷깃을 여미는 숙연한 시간은 한결 편안할 게다. 작열하는 땡볕을 피할 그늘이 없어 벌초가 단순 노동이 아님을 성찰할 여유가 사라진 우리의 건조한 현실과 극명하게 대비된다. "사랑한다는 것은, 먼지로 흩어진 것들의 흔적 한 톨까지도//끝끝내 기억한다는 것/잘한다는 것은 죽은 자를 영원히 잊지 못한다는 것"(이영광, 「호두나무 아래의 관찰」)이 아닌가.

그러고 보니 내 사후를 전혀 준비하지 못했다. 힘이 있을 때

한마디 해 둔다. 기억하기 위해 특정한 '장소'(무덤)가 필요하다면 그 장소가 굳이 외형적 공간일 필요가 없다고. 마음속에 있으면 되니까. 기억하는 한 영원히 살아 있으니까.

2022

내일은 돈가스 먹을 거야

우리는 다시 걷기 시작한다
너의 즙이 이 땅의 강물이 되고
푸른 눈물이 되는 날
움 트는 또 하나의 표적처럼
저기 저 수없이 반짝이는
나뭇잎 하나들,
우리 살아남은 자들의 희망을
돌아오는 너에게 들려주리라

— 나희덕, 「나뭇잎 하나로 이 세상을」 부분

갑자기 돈가스에 대한 상념에 젖은 것은 며칠 전 퇴근길에서였다. 추석 연휴에 기름진 음식으로 과식을 한 탓에 이틀 정도 음식을 절제하기로 하면서 시작된 '다이어트 아닌 다이어트' 때문이었다. 말 그대로 간헐적 다이어트인 셈이었으나 의도치 않게 진짜 다이어트로 이어진 것이다. 한 달여 동안 진행된 다이어트는 자칭 '초인적인 인내력'이 발휘되어 성공적이었다. 몸이 당연히 가벼워졌으며 덩달아 정신도 또렷해졌다. '아, 사람들이 식욕이라는 거부할 수 없는 삶의 질을 감수하면서까지 이 맛에 다이어트에 집착을 하는구나.' 한 번도 경험하지 못한 새로운 느낌과 기분이었다.

살면서 다이어트는 나와 거리가 먼 얘기였다. 설령 체중이 불어도 지나치지 않았으며, 운동이 습관이 된 터라 혹여 미구에 방문할지 모르는 초대받지 않은 비만에 대한 자신감이 있었다. 그러나 어찌 된 일인지 우연히 시작된 다이어트가 일상을 바꾸어 놓았다. 허기가 밀려오는 긴 밤을 무사히 지나면, 인내에 대한 선물이라도 주듯이 온몸이 상쾌하고 맑았다. 이때 불현듯 강하게 머리를 스치는 생각이 있었다. 적정 체중이라고 안심은 했으나, 사실은 체중계가 말하지 못하는 두껍게 쌓여 방치된 잉여와 노폐물이 적지 않았던 것이다. 그렇지 않다면 가벼워진 몸뚱이와 정신을 설명할 길이 없다.

시시로 파고드는 밥과 빵에 대한 유혹은 집요했다. '한 백 년 살 것도 아닌데, 굳이 먹는 즐거움을 포기해야 하나?' 그날도 악마의 속삭임과 마주하며 집으로 향하던 길이었다. 자꾸만 스멀스멀 고개를 드는 쟁반 같은 둥근 달무리는 마치 소스를 두른 돈가스처럼 환하게 다가왔다.

'돈가스', 참으로 달콤한 유혹이며, 생각만으로도 행복한 포만감이 밀려오는 추억의 음식이다. 가난을 모르고 자랐지만 그렇다고 돈가스는 언제나 먹을 수 있는 음식은 아니었다. 더구나 산골 벽지의 깡마른 아이에게 돈가스는 음식이라기보다 손에 잡히지 않는 미지의 세계 그 자체였다. 짜장면이나 짬뽕보다 더 우월한 자리에서 쉽게 접근을 허락하지 않는 꿈이었다. 이렇게 오매불망했던 돈가스를 먹은 최초의 기억은, 아쉽지만 정확하게 기억나지 않는다. 분명 먹었을 텐데, 황홀한 기억이었을 텐데 떠오르지를 않는다. 다만 도시 물을 먹던 누나들을 통해서 먹었을 것으로 추정할 뿐이다.

사실 한국인에게 돈가스는 '경양식輕洋食'의 또 다른 이름이기도 하다. 돈가스가 경양식이고 경양식이 돈가스라고 여기는 것이다. 돈가스는 양정식洋定食 중에 하나의 음식일 뿐이고, 그 중에서도 경양식은 말 그대로 '가벼운 음식'인데, 우리는 돈가스를 양식의 전체를 상징하는 음식으로 생각하는 것이다.

돈가스가 서양 음식의 대명사로 일종의 로망이 된 것은 한식과는 달리 '칼'과 '포크'를 사용하여 '고기'를 썰기 때문일 게다. 숟가락이 채워 주지 못하는 신비함을 칼과 포크는 갖고 있었던 것이다. 이러한 생각은 자연스럽게 서양 문화를 향한 막연한 동경과 교양으로 연결되기도 했다. 여기에 '레스토랑'이라고 하는 이름은 돈가스와 경양식 등 모든 서양 음식과 우리보다 격이 높은 다른 차원의 고귀한 어떤 것을 상상하게 하기에 충분했다.

세월이 흘러 이제 돈가스는 직접 식당을 찾지 않아도 주문만 하면 언제든지 먹을 수 있는 평범한 음식이 되었다. 그러나 아직도 돈가스는 아무리 먹어도 물리지 않고, 지난 시절의 추억을 소환하며, 현재를 즐겁게 하는 행복한 음식이다. 주린 배를 채우기 위해 신물 나게 먹었던 음식은 과거를 회상하는 현재의 감정을 우울하게 한다. 일종의 정서가 얹히는 경우로, '급체急滯'가 되는 것이다. 특정한 음식에 얽힌 어두운 기억의 편린은 그만큼 한 사람의 삶에 잔영처럼 그림자를 남기는데, 유독 돈가스는 항상 먹고 싶은 그리움이다.

집으로 향하는 내내 뱃속의 고동 소리가 꼬르륵댔지만 거뜬하게 참을 수 있었다. 모든 것이 풍족한 현실에서도 여전히 돈가스는 일개 음식을 초월하여 오늘을 견인하는 희망이기 때문이다. '내일은 돈가스 먹을 거야.' 입안 가득 흐뭇한 침이 고인다. 고단하지만 그 힘으로, 돈가스 같은 기대로 오늘을 살았다.

2022

봉창 어록

나의 몸은 언제나 하얗게 비워 두겠습니다
네모는 날카로워도 속은 늘 부드럽겠습니다
설령 글씨를 썼다 해도 여백은 늘 갖고 있겠습니다

— 이기철, 「백지의 말」 부분

세상에 존재하는 당위적 가치는 명령체계의 속성을 갖는다. 물론 이러한 가치들이 삶의 일상을 유지시키는 끈이긴 하지만 그 팽창력으로 인해 당위적 가치는 쉽게 탄력을 상실한다. 옳은 지향성을 갖지만 속내를 보면 편리와 효율에 매몰된 측면이 강하다. 특히 말은 이러한 특징이 강한데, '표준어'와 '비표준어'로 구분하는 배제와 포섭의 이분법적 논리는 지역과 사회의 지위는 물론 개인의 인격까지도 표준과 비표준의 범주에 포함시켜 판단하고 평가한다.

이런 의미에서 '표준어'는 당위적 규범을 내포한 언어이며 이 범주에 포함되지 않은 소위 '비표준어'는 규범을 벗어난 '변두리어'로 취급당한다. 그러나 이렇게 규범을 벗어난 소위 '느슨한 말'이 표준어가 갖는 지나친 도식성을 부드럽게 상쇄해 준다. 고금을 막론하고 웃음과 해학, 요즘 말로 하면 유머와 위트가 개인 삶의 품격과 인격의 깊이를 평가하는 척도로 자리매김하는 현실을 봐도 안다.

내 고향 친구 중에 '봉창'이라는 별명을 가진 아이가 있다. 아이라고 부르기엔 이제 예순을 바라보는 중년의 여성(아줌마)이지만, 유년의 뜰에서 동창은 영원한 피터 팬이므로 아이라고 불러도 무방할 게다. 별명에서 보듯이 그는 늘 엉뚱하다. 그는 우리 세대의 일반적 환경과는 다른 환경 속에서 성장했다. 미완인 그의 삶 이야기를 소설로 쓰자면 아마도 대하소설에 버금가는 드라마틱한 스토리가 될 정도로 그의 초년 삶은 순탄하지 않았던 듯하다. 초등학교 졸업 후 그를 처음으로 본 게 2013년도인데, 대면 자리가 아니라 초등학교 동창들의 소통 공간인 '밴드Band'에서였다. 서울에서 살다 남편 고향인 시골 소읍으로 낙향한 터라 밴드는 아직 적응하지 못한 시골 생활의 외로움을 달래주는 중요한 소통 공간이었을 게다.

그런데 그가 쓰는 밴드 글이 그야말로 기상천외했다. 직접 만나서 말을 해 보면 청산유수지만, 그 말을 글로 옮기는 과정에서 엄청난 '파격'이 일어난다. SNS의 특징은 이모티콘과 축약된 말이 기존 말을 해체하고 파괴하여 되도록 그 부피를 가볍게 하는 것인데, 봉창의 말은 축약이 아니라 세종대왕의 재림이 아닐까 할 정도로 새로운 첨단 문법이다. 21세기 이후 문명사의 전환에 맞게 한글이 달라져야 한다면 아마도 '봉창 문자'가 그 표준이 되어야 할 게다.

'봉창어'는 의도와 목적을 갖고 글을 쓰는 것이 아니라 무의식적으로 자연스럽게 쓰는 과정에서 전대미문의 창조적 결과물이 잉태된 옥동자다. 그가 밴드에서 양산해 낸 수많은 말들은 '봉창어록'이라고 하여 따로 정리해 놓아도 족할 정도로 풍부함을 자랑한다. 친구들은 농담으로 성경과 불경처럼 그의 어록을 '봉경封經'이라 추존 격상시킨다. 그의 어록이 '경經'으로 존숭되면 그도 자연스럽게 성인 반열에 오르게 될까. 자못 기대가 크다.

우선 그의 어록에서 몇 가지 예를 들어본다면, 습관처럼 반복하여 굳어진 '일상어'와 상황에 따라 툭툭 튀어나오는 일명 '상황어'로 나뉜다. 봉창어의 진수는 상황어에서 천재 기질이 유감없이 드러난다. 실시간으로 전개되는 상황을 나름 순발력 있게 대처한 그만의 '속기록'이기 때문이다.

최근에 추가된 상황어로는 '맞자' 와 '반란데이' '고사리' 등이다. '-맞자'는 '-맞다'를 표준어로 하는데 동의와 긍정 의미를 담으며 공감 능력을 바탕으로 한다는 점에서 소통과 위로 리액션의 감수성을 상징한다. '-맞자'를 봉창어로 해석해 보면 '네 얘기가 맛있다'는 얘기가 된다. 우리는 밥 한 끼를 먹어도 아무하고나 먹지 않는다. 맛있는 상대와 먹어야 더 맛있기 때문이다. 결국 -'맛자'라는 동의어는 경청을 전제로 해야 가능하다는 점에서 여러모로 해피 바이러스를 전파하는 '유쾌어'인 셈이다. '반란데이'는 어감에서 느끼지만 발렌타인데이를 말한다. 주지하듯 발렌타인데이는 여성이 남성에게 초콜릿으로 사랑을 고백하는 날이다. 고백은 남녀를 불문하고 그 자체가 갖는 용기의 무게감 탓에 진실함을 담보한다.

특히 이날의 고백은 여성이 보내는 사랑의 시그널이므로 기존을 전복하는 '반란'의 성격이 짙은 날이라는 해석이 가능하다. 사랑에 있어 여성의 수동적 보수적 위치는 동서를 막론한 기원을 갖기 때문이다. 어느 날에는 '고사리를 잡으러 산에 간다'고 밴드에 행선지를 알렸기에 장난기가 발동하여 이름이 비슷한 '송사리를 꺾으러 냇가로 가지 않을 거냐?'고 물으며 박장대소하기도 했다.

이렇게 봉창이 무의식중에 밴드에서 양산한 말은 타성에 젖은 우리의 인식에 신선한 관점을 제공한다. 태초에 말이 있기 전에 말은 '백지'였을 게다. 이후 말이 생기면서 기호와 표시, 그리고 의미로 굳어져 인간의 의식에 이미지와 관념으로 고정 의식을 지배하기 시작했으리라. '고사리'와 '송사리'의 '잡고' '꺾는' 차이가 과연 본질적으로 어떤 것이며, 지금 표준이라고 쓰는 말과 글이 사물 본래의 의미를 담는지 새롭게 생각해 볼 일이다. 이것은 마치 오른손에 익숙한 우리의 습관이 왼손을 씀으로써 생소하지만 또 하나의 산 감각이 있음을 느끼는 일과 같다.

봉창어를 해석하는 데는 꿈보다 '해몽'이 좋아야 한다. 해몽의 시선은 사랑과 관심이며 해피 바이러스가 듬뿍 담긴 준비된 리액션이다. 간혹 해몽의 시선으로도 풀지 못하는 '외계어'를 만나게 될 때가 있지만 소통에는 아무런 지장이 없다. 봉창어를 탁월하게 해독하는 능력의 소유자인 은수가 있기 때문이다. 은수는 그가 제일 좋아하는 친구다.

이제 친구들의 초미의 관심사는 봉창이 과연 성인의 반열에 오르게 될까에 모아진다. 돌발적으로 튀어나오는 '욕'만 조심하면 가능할 게다. 신기하게도 봉창의 욕은 액션과 소리만 요란할 뿐 상대에게 전혀 불쾌감이나 상처를 주지 않는 특징이 있어 성인이 될 가능성이 열려 있는 셈이다. 버나드 쇼는 "욕은 드넓은 곳을 하나로 이어 주는 친근함"이라고 말한 바 있는데, 진부한 권위를 깨는 곳에서 발생하는 욕이 카타르시스를 제공하기 때문일 게다.

성인의 대관식 여부는 결국 봉창에게 양날의 칼인 '욕'이 결정할 가능성이 크다. 부처와 예수, 공자와 테스 형이 과연 욕 한번 안 하고 살았을까. 사람 냄새 가득한 보통의 성인이 그립다.

2014

겨울

겨울밤

잠 이루지 못하는 밤 고향 집 마늘밭에 눈은 쌓이리.
잠 이루지 못하는 밤 고향 집 추녀 밑 달빛은 쌓이리.
발목을 벗고 물을 건너는 먼 마을
고향 집 마당귀 바람은 잠을 자리.

— 박용래, 「겨울밤」 전문

또 겨울이 왔다. 사계 중 겨울은 우리에게 어떤 의미가 있을까. 외면으로 보이는 겨울은 '눈'과 '동토'로 상징되는 살풍경한 모습이다. 비단 사람뿐 아니라 동식물에게도 겨울은 다른 계절에 비해 저마다 생존을 위해 특별한 의미를 갖는다. 성장과 결실 이후 자연 변화의 섭리가 시간의 흐름과 더불어 일단락되는 소멸의 매운 시간이기 때문이다. 모든 존재들의 생존을 위한 혹독한 사투도 여기에 기인한다. 문명의 발달로 인간의 생명 연장의 조건이 다른 동식물과 차별성을 갖게 되었지만, 겨울이 존재하고 그 겨울이 다른 계절에 비해 예외를 갖는 한 겨울은 개별 생명들에게 여전히 살아남는 게 유일한 당위가 되는 계절이다.

겨울은 이러한 외적 조건들 때문에 지향보다는 '수렴'을 통해

자가발전을 도모하기 좋은 갱신과 변화의 절기이기도 하다. 지향으로 소모된 에너지를 축적하며 뜨거움으로 눈먼 욕망의 찌꺼기를 소거消去, 안으로 삭히는 숙성의 시간이다. 돌아보면 내 삶의 사계 중에 겨울은 다른 계절보다 특별한 기억들로 각인된다.

이 같은 이유는 여러 가지 원인이 있지만 우선 추운 날씨가 주는 매운 자극으로 겨울에 경험한 일들이 기억에 민감하게 환기되는 특징 때문일 게다. 유년 시절의 추억은 시골에서 경험한 겨울 추억이 으뜸이다. 비탈진 밭에서 비료 포대를 타고 해 질 녘까지 놀았던 일, 눈 쌓인 논을 운동장 삼아 공을 찼던 일, 알이 밴 개구리를 구워 먹어 입이 까맣던 일, 나무를 잘라 얼기설기 엮어 동산에 집을 만들어 놓고 자칭 '본부'라 칭하며 나만의 공간에 성주가 되어 호젓했던 일 등 이루 헤아리기 어려운 수많은 기억들이 주마등처럼 머릿속을 스치고 지나간다. 기억 저편에 잠자는 아득한 시간들이 이 글을 쓰는 순간에도 마법처럼 꿈틀거리며 되살아난다.

내 머릿속 '겨울 동화'는 엄마 등 뒤에 업힌 따뜻하고 포근한 행복감이다. 초등학교 입학 전으로 기억되는데, 농한기인 겨울밤은 동네 어른들이 한데 모여 소일하기 좋은 시간이다. 촌마을 특유의 끈끈한 공동체의 유대감이 절정을 이루는 계절이 또한 겨울이다. 보통 외삼촌 댁으로 '마실'을 가는데 주로 하는 놀이가 '윷놀이'였다. 왁자지껄 소란하고 신명이 났지만 내 관심은 오로지 내기에서 주어지는 과자와 사탕 등 먹거리에 꽂힌다. 자정 가까운 시간 잠이 든 나는 엄마 등에 업혀 집으로 향하고 다음날 내 주머니 속엔 언제나 과자와 사탕 등이 한 움큼씩 들어 있었다. 과자 부스러기와 사탕을 내가 잠든 사이 누군가 호주머니 속에 인정스레 찔러 놓았기 때문이다.

어느 해에는 방학을 맞이하여 서울에서 온 조카와 함께 형의 능수능란한 지휘 아래 갓 태어난 송아지를 받아 아궁이 앞에서 송아지 몸에 묻은 양수를 말렸던 기억도 새롭다. 그 시절 소는 한 집의 생활 형편을 나타내는 든든한 살림 밑천이자 바라만 봐도 흐뭇한, 땅과 비견되는 '부동산'이었다. 형은 초저녁부터 외양간의 누운 어미 소의 산고 상황을 예의 주시했고, 나와 조카는 물을 끓여 부엌 온기를 훈훈하게 덥혔다. 시간이 깊을수록 우리의 분주함은 마치 의식을 준비하는 사제司祭 같은 정결함과 숙연함으로 변해 갔으며 아궁이를 빨갛게 물들인 '잉걸불'의 그 환하고 묘한 흡인력을 지금도 잊지 못한다. 불을 숭배하는 '배화교拜火敎'가 있는 것으로 보아 아마도 불의 흡인력이 주는 주술적 탐미와 무관치 않아 보인다.

그해 겨울, 매우 추웠지만 우리는 새 생명의 탄생을 직접 목도하고 어루만지며 아궁이 잉걸불보다 더 뜨거운 겨울을 경험했다. 사람이든 동물이든 겨울에 태어난다는 것은 외면으로 보이는 생명 활동의 휴지기에서 하나의 경이로운 축복이다.

다시 찾아온 겨울, 그리고 밤, 이제 쉰 하고도 중반을 넘긴 어느 사내 머리 위엔 불야성을 이룬 아파트 불빛과 거리의 네온만이 온기 잃은 도시를 목석처럼 지킨다.

2020

내 마음 나도 몰라

바스락거리는 나뭇잎 하나도 다 내게 온다

기다려 본 적이 있는 사람은 안다
세상에서 기다리는 일처럼 가슴 애리는 일 있을까
네가 오기로 한 자리, 내가 미리 와 있는 이곳에서
문을 열고 들어오는 모든 사람이
너였다가
너였다가, 너일 것이었다가
다시 문이 닫힌다

사랑하는 이여
오지 않는 너를 기다리며
마침내 나는 너에게 간다

— 황지우, 「너를 기다리는 동안」 부분

'내 마음 나도 몰라'처럼 푸념할 때 독백으로 자책하는 감정도 흔치 않을 것 같다. 이 이율배반의 모순된 감정은 우리가 일상생활 속에서 인간의 불완전함을 이야기할 때 이해와 관용으로 면책되는 대표적인 말 혹은 감정 중 하나이기 때문이다.

대개 이런 말들의 특징은 원적을 상실한 채 표표히 떠도는 유랑의 뉘앙스가 강하며 감정이 부유하는 현재를 극명하게 보여 준다. 이 말과 감정을 자세히 들여다보면 상황 논리와 전혀 맞지 않는다는 것도 알게 된다. 내가 내 몸의 주체이자 생각과 감정의 최초 발화자인 까닭이다. 나로부터 시작되는 모든 인지 감각들은 나의 최종 승인의 결과이므로 내가 내 마음을 모를 리가 없으며 또 몰라서도 안 된다.

한 개인의 생각과 운동은 모두 주체 의지의 산물이다. 그런데도 내 마음 나도 모르는 게 가능하며 그 푸념에 공감하는 것은 왜일까. 아마도 감정이 이성을 능가하기 때문일 게다. 인간은 원래 감정의 동물이잖은가. 이성도 감정의 한 형태로 원초적 감정을 논리로 관리하는 영역일 뿐이다. 감정이 없으면 이성도 없다. 이성을 선호하면서 이성에 반하는 감정에 의탁하는 모순된 인식은 본래로 회귀하려는 강한 귀소본능 탓이다.

이러한 감정에 큰 부분을 차지하는 게 '서운함'일 듯하다. 서운한 감정을 어떻게 관리하며 풀어야 할까. 머리로는 이해되지만 가슴으로는 못내 서운한 따로 노는 이 고약한 감정을……. 관리하는 것도 푸는 것도 어차피 내가 해야 할 일이지만 당장 서운한 마음을 달랠 길이 없다. 그렇다면 이런 상황을 방지하기 위한 묘책이 없을까. 묘책은 의외로 쉽다. '역지사지易地思之'해 보면 간단하다.

예컨대 전화를 받을 상황이 아니기 때문에 통화를 못 한다고 미리 양해를 구했다고 하자. 상대가 흔쾌히 그 상황을 이해했다면 명쾌하게 이성으로 정리된 상황이다. 그러나 이 지점에서 흔히 서운함이 발생한다. 설령 전화를 하지 말라고 했다고 하여 정말 전화를 하지 않는 것에 대한 서운함이 그것이다. 내 마음 나도 모르는 서운함이다. 상대방의 얘기를 정직하게 해석하는 게 나쁠 것은 없지만, 액면 그대로 믿는 데서 발생하는 '정직한 부작용'이 상대에게는 서운함으로 다가온다.

특히 이러한 부분을 나에 대한 상대방의 절실함이나 특별함을 확인하는 기준으로 여기는 경향도 있어 액면 그대로의 이해나 수용이 원래의 긍정에도 불구하고 인간관계의 서운함을 가져온다. 상대의 돌발적 전화나 문자를 알리는 소리가 약속 파기의 짜증이 아니라 바쁜 일상의 청량제가 된다는 것을 누구나 한 번쯤 경험했을 게다. 의외성이 갖는 귀여운 도발이며 참지 못해 감행한 내 그리움의 크기이기도 하여 유쾌한 '무죄'가 된다.

2016

멈춰야 비로소 보이는 것들

샘물이 혼자서
춤추며 간다.
산골짜기 돌 틈으로

샘물이 혼자서
웃으며 간다.
험한 산길 꽃 사이로

하늘은 맑은데
즐거운 그 소리
산과 들에 어울린다.

— 조명희*, 「샘물」 전문

'멈춰야 비로소 보이는 것들', 위에 제시한 제목은 한때 많은 사람들로부터 신망을 받던 혜민 스님이 펴낸 책 제목—『멈추면 비로소 보이는 것들』—과 거의 동일하다. 통사론統辭論으로 분석해 볼 필요도 없이 이 짧은 말은 인과因果로 이루어졌다. 멈출 때

* 호는 포석抱石. 한민족 '디아스포라문학'의 선구자로, 연해주 고려인 한글문학의 아버지로 추앙받는 문학가이며 독립운동가다.

만 보게 되는데 그가 말한 멈춤은 주체의 판단에 의한 스스로의 의지의 결과다. 멈춤의 자발성으로 인하여 시야는 능동성을 확보하게 된다.

이 글의 제목은 움직이는 현재를 제어해야만 보게 되기 때문에 멈추는 일은 하나의 소망이며 당위적 성격을 갖는다. 내가 말하는 멈춤은 주체의 의지와는 무관한 환경과 상황에 의한 '피동적 멈춤'으로 예기치 않게 확보된 시야를 말한다.

12월, 다람쥐 쳇바퀴 돌듯 하다 잠시 일상에서 벗어나 '번외番外'의 시간을 가졌다. 내 스스로의 의지에 의해 자발적으로 선택한 멈춤이 아니기에 진행이 멈춰 버린 시간은 무료와 권태로 메워졌다. 그러나 그 시간 때문에 그동안 지나친 내 삶을 뒤돌아보는 계기가 되었다. 경직된 일상에서 맛보지 못하는 게으른 시간이 주는 두 가지 '선물'의 의미를 새롭게 생각한 시간이었다.

방학이 될 때까지 서현이의 등교를 전담했다. 집 앞으로 정해진 시간에 학교 버스가 오지만 굳이 기계적 시간에 맞춰 타인의 손에 서현이의 상쾌해야 할 첫 출발을 방해받게 하고 싶지 않았다. 서현이의 손을 잡고 집을 나서며 차를 타고 가는 내내 아이가 피워 내는 '수다꽃'을 만끽하는 호사를 누린 행복한 시간이었다. 곧 유예된 시간이 흘러 서현이의 등교를 또 학교 버스가 대신하겠지만 내게 예기치 않게 주어진 아빠의 잉여가 딸로 인해 찬란하게 빛났음을 감사하게 생각한다.

그리고 그동안 무감각하게 일상으로 받아들이며 살던 '일터'(직장)의 의미가 새삼 소중하게 다가왔다. 매일매일 안정적으로 정해진 시간에 출퇴근하며 사회적 삶을 산다는 일이 한 인간의 삶을 예측 가능토록 한다는 것도 깨달았다. 또한 순응의 질서가 주는 생활인으로서의 하루가 수고스러운 대로 넉넉한 '고요'라는 걸 확인한 시간이기도 했다.

한국 현대시의 아버지로 불리는 '향수'의 시인 지용은 그의 산문 「시와 언어」에서 "제약을 통하지 못한 비약이라는 것은 그것이 정신적인 것이 될 수 없"다고 했다. 지용의 말은 언어의 제약이 의미를 전달하는 데 근본적인 결함으로 작용하지만, 오히려 그런 언어의 제약으로 인해 시의 언어는 정신적으로 승화된다는 것을 말하는 것이다.

마찬가지로 활동의 제약과 육신의 구속이 삶을 황폐하게 만드는 것이 아니라 역설적으로 차원 높은 고양된 정신을 갖게 하는 것을 어렵지 않게 보아 왔다. 인류 역사를 봐도 예수와 석가, 공자와 소크라테스 등 성인들의 생명의 말씀은 혹독한 고행의 산물이잖은가. 다산 정약용이 18년 동안 이룬 역작과 추사 김정희의 그림(〈세한도〉) 등도 한결같이 '유배'라는 신체적 사회적 제약이 극단적인 절망 속에서 꽃핀 정신의 현현들이다. '감옥'에서 성자가 된 헤아리지 못하는 인간 승리의 밀알들을 우리가 기억하는 것도 상황에 매몰되지 않고 우뚝 선 고귀한 정신 때문일 게다.

창밖에 어둠이 내리고 메마른 육신으로 엄한 삭풍을 온전히 수렴하며 서 있는 저 '겨울나무'는 그래서 내 정신이 다다르고픈 오래된 꿈이다.

2016

바람이거나 혹은 금강심金剛心이거나

너무도 기나긴 억겁의 세월,
햇살과 햇살이 나를 두들기고, 달빛이 나를 두들기고,
깜깜한 밤들이 나를 두들기고, 별빛과 별빛이 나를 두들기고,

— 박두진, 「자화상」 부분

문득 '나를 키운 건 무엇일까'를 생각해 본다. 일찍이 깊게 생각해 보지 않은 근본적 질문으로 '나는 누구인가'와 견주는 도저한 실존의 '물음'이다. 내가 이런 생각을 한 이유는 지인과의 대화 때문이다. 그 친구는 사람의 인격 형성에 '결핍'이 차지하는 영향에 대하여 삶은 물론 문학작품에 나타난 인물들까지 깊은 관심을 갖고 있다. 세상에 모든 관심의 시종始終은 본인 마음의 반영이며 내면적 요구의 표출인 것을 감안한다면, 추측컨대 그 친구의 최근 삶이 아마도 이러한 근본적 질문에 답을 요구받고 있는 게 아닌가 싶다.

그러면서 내게 부모형제의 사랑을 많이 받고 자라서 결핍을 이해하지 못할 거라고 말한다. 이 말은 반은 맞고 반은 틀린 말이다. 설령 맞는 말이라 해도 사람은 그 어떤 것으로도 채우지

못하는 근원적 결핍을 숙명으로 안고 살아가기 때문이다. 어떤 이는 그것을 채우려는 일을 삶의 본질로 생각하겠고, 또 어떤 이는 그 결핍이 주는 허허로움을 그대로 받아들이며 자기 삶을 안으로 응시할 게다. 내 경우에는 전자이며 결핍을 그대로 받아들일 정도로 삶의 깊이를 갖추지 못했다. 오히려 삶에서 파생된 결핍을 메우기 위해 시지포스Sisyphos처럼 뻔한 수고를 하는 쪽에 가깝다. 다시 한번 묻는다. '나를 키운 건 무엇일까.' 어느덧 '지천명知天命'을 넘겼지만 아무리 생각해도 불가지론不可知論이다.

시인 서정주는 「자화상」에서 "스물세 해 동안 나를 키운 건 팔할이 바람"이라고 했다. 동주의 「자화상」도 마찬가지지만 약관의 나이에 '자화상'이란 제목을 쓴다는 것 자체가 예사로운 일이 아니다. 삶을 객관화하게 되는 황혼에 써도 쉽게 쓰지 못하는 자화상을 혈기 왕성한 나이에 썼다는 것은 시인의 천재성과 삶의 조숙함을 함께 보여 주는 일이다. 여담이지만 최근에 정치권에서 한 후보를 두고 '애어른' 같다는 말이 회자되었다. 나이와 다르게 점잖은 언행을 할 때 으레 이런 말을 하곤 하는데, 본래 시인이 이런 사람이다. 더구나 "나를 키운 건 팔 할이 바람"이라니 역시 서정주란 감탄사가 저절로 나온다. 가히 천생 시인이로다.

'바람'은 '강'과 더불어 삶과 역사의 '은유'다. 바람이 갖는 유랑과 세월의 영속은 강의 역사보다 훨씬 문학적으로 개별적이며 낭만과 자유로움의 표상이다. 바람의 표랑성이 서정주의 삶과 시를 이념과 역사의식보다 자화상에서 보여 주듯 "손톱이 까만 에미의 아들"이지만 "아무것도 뉘우치지 않"겠다고 한 기원이리라. 숨기고 싶은 부끄러운 가계의 내력을 삶의 현재로 드러낸다는 것은 아무나 하지 못하는 일이다. 자서전의 성패가 자신의 치부를 얼마나 드러내는가에 달렸다는 말을 생각해 본다. 그 젊디 젊은 날 삶을 '바람'으로 보았다는 것이 서정주의 인생관이요 자화상처럼 삶의 복합성이 담긴 시를 뽑아 낸 근원이었을 게다. 이후 논란이 되는 삶의 궤적도 바람이 갖는 방랑에 의탁해 유추해 보면 부족한 대로 설명이 가능할 듯하다.

이에 비해 육사는 「계절의 오행」에서 "말도 아니고 글도 아닌 무서운 규모가 우리를 키워 주었다."라고 고백했다. 글은 물론이고 말을 배우기 전에 이미 각인된 '무서운 규모'란 대체 무엇일까. 그것은 아마도 퇴계 이황의 직계 후손으로서 조상으로부터 물려받은 표상인 지조와 절개가 내재화된 '정신주의[理]'일 게다. 육사는 이를 '금강심金剛心'이라고 했다. 불의에 대하여 그가 보인 비타협의 올곧은 삶이 이를 증명한다. 서정주의 '바람'과 이육사의 '무서운 규모'가 결국 그들의 삶 전체를 관통하는 단 하나의 '씨눈'이었던 셈이다.

만약 서정주의 바람과 육사의 무서운 규모를 서로 바꾸어 놓으면 어떨까. 역시 어울리지 않는 옷처럼 사뭇 어색하다. 삶에 대한 역사의 평가를 떠나 미당이 바람일 때 미당이 되며, 육사가 무서운 규모일 때 육사답다.

그렇다면 내가 나이기 위해서는 괄호 속에 어떤 씨눈이 필요할까. 그 씨눈이 발아되는 날 소박하거나 혹은 위대하게(?) 내 삶이 규정될 게다.

2018

삐딱하거나 꼬이거나

한쪽 다리 건들거리면서
삐딱하게 서 있는 게 좋아
다리 꼬고 앉아
떨어 대는 것도 좋아
그러고 있으면 내가 꼭
힘센 건달이 된 것 같거든

— 김애란, 「난 삐딱한 게 좋아」 부분

엉뚱한 생각인지 모르지만, 나는 과연 '순응형 인간'일까 아니면 '반항형 인간'일까. 나를 규정하는 태도인데도 딱히 마땅한 대답이 떠오르지 않는다. 한 사람의 성격을 무 자르듯 명확하게 규정한다는 일 자체가 매우 모호한 경계를 띠긴 하지만, 적어도 성향에 대하여는 어느 정도 윤곽은 있을 게다.

융은 "개인 의식이 타인과 구분되거나 개별화되는 과정을 개성화"라고 했다. 개성화의 결과로 비로소 '자아ego'가 생겨난다는 것인데 이러한 일련의 변화의 흐름 속에서 한 인간은 세상에 던져진 일개 단독자에서 희미한 '실존'에 눈을 뜨게 되는 주체가 된다. '순응'과 '동일함'보다는 '차이'와 '다름'을 통해 나와 세계를 인식하기 때문에 차이의 인식에서 발생하는 저항은 그 자체로 실존의 성격을 갖는다.

초등학교 시절 때까지 나는 학교에서 유명한 '왈패'였다. 요즘 초등학교 동창을 만나도 그때의 모습으로 여전히 나를 기억하는 것으로 보아 움직이지 못할 혐의로 소위 '꼼짝마'다. 중고등학교 때는 '범생' 소리를 들을 정도로 개과천선한 탓에 그때 친구들은 무난했던 아이로 나를 기억한다. 그럼 지금 나는 어떤 모습일까. 모호성을 전제로 굳이 이야기한다면 반항적 성향에 더 가까울 게다. 잠재된 개인의 반항 인자가 성장하여 비판적 저항 인식으로 공적 시야를 확보했기 때문이다. 개인이든 사회든 인류 역사는 순응과 저항의 과정에서 생성된 실제의 결과물들이다. 이 과정은 필연적으로 지배 욕망과 피지배의 수난 관계 속에서 작동한다. 저항은 작용에 대한 반작용으로 일어나는 생명의 본모습이다.

이에 반해 순응은 욕망의 주체에 의해 억압된 작용으로 기획되고 미화된 이데올로기다. 순응과 저항의 관계가 철저하게 권력의 관계로 재분배되어 왔음을 확인하게 된다. 특권 계급이 기득권을 강화하기 위한 수단으로 순응의 미덕을 악용해 왔다는 점이다. 순응이 순응으로서 빛나는 경우는 그것이 오로지 스스로 복종함으로써 선한 의미를 가질 때뿐이다. "복종하고 싶은데 복종하는 것은 아름다운 자유보다도 달콤합니다. 그것이 나의 행복"이라고 말한 만해의 「복종」처럼.

인류의 진보는 저항 즉 "불복종할 때마다 발전해 왔다."라고 한 에리히 프롬의 말은 시사하는 바 크다. 그는 더 나아가 "선악과를 따 먹은 에덴동산에서의 '원죄'가 인간을 타락시킨 것이 아니라 인간을 자유롭게 했다."라고 말하며 불을 훔친 프로메테우스도 같은 이유로 인류의 진보에 기초를 마련한 행위로 봤다. 멀리 갈 필요도 없이 20세기 격동의 민주주의 역사에서도 저항은 순응을 강제하는 기득권에 대항하여 이룬 위대한 시민의 승리의 서사였다.

우리의 최근 역사에서도 확인하게 된다. 김대중 대통령이 말한 "행동하는 양심"과 노무현 대통령이 말한 "민주주의 최후의 보루는 깨어 있는 시민의 조직된 힘"이 그것이다.

특히 김대중 대통령은 "행동하는 양심은 나쁜 정치를 거부하는 것"이라고 말하며 "나쁜 정당에 투표하지 말고 나쁜 신문 보지 말고 집회에 나가고 인터넷에 글 올리고 하다못해 담벼락을 쳐다보고 욕이라도 할 수 있다. 하려고 하면 너무 많다."라고 했다. 각자가 처해 있는 자리에서 소극적으로 하는 이 같은 행위는 비판적 저항 의식이 있기에 가능한 일이다.

문학작품 속에 등장하는 소극적 저항의 대표 인물은 조정래의 소설 『아리랑』에 등장하는 '신세호'다. 유생 신세호는 면사무소 앞에만 오면 '오줌'을 깔기는데 그 이유가 사뭇 슬프다. 친구이자 사돈인 송수익의 대의를 거절한 부채의식이 그로 하여금 술을 빙자한 '오줌 깔기기'의 형태로 나타나게 한 것이기 때문이다. 그에게 오줌 깔기기는 현실에서 그가 할 수 있는 차선이지만, 한편으로는 가장 강력한 최선의 항일인 셈이다.

순응의 위험성은 한나 아렌트Hannah Arendt가 말한 '악의 평범성'에서도 명징하게 드러난다. 제2차세계대전 전범으로 나치 충복이었던 아돌프 아이히만Adolf Eichmann은 유대인 학살의 변辯으로 "군인으로서 단지 명령에 따랐을 뿐"이라는 말로 자신이 저지른 악행을 면피하고자 했다. 정치학자 아렌트는 『예루살렘의 아이히만』이란 보고서에서 아이히만의 이러한 생각 없는 순응이 결국 엄청난 비극으로 이어졌다는 결론을 내렸다. 일상생활 속에서 자신이 무심코 한 행위가 미칠 파장이나 영향을 고려하지 않는 단순한 행동의 위험성을 이야기한 것이다.

"나는 강제받기 위해서 태어나지 않았다. 나는 내 방식으로 숨을 쉬겠다. 자기가 옳지 못하다고 생각하는 법에 불복하는 것이 인간의 의무"라고 말한 『월든』의 저자인 소로우의 '시민불복종' 선언은 폭주하는 일상의 권력과 국가주의 현실(2008~2017)에서 개인의 존엄성을 어떻게 확보할 것인가를 근본적으로 묻는 위대한 화두였으며, 지금도 이 화두는 진행형이다.

2017

아웃사이더, 세상을 바꾸다

요강, 망건, 장죽, 종묘상, 장전, 구리개 약방, 신전,
피혁점, 곰보, 애꾸, 애 못 낳는 여자, 무식쟁이,
이 모든 무수한 반동이 좋다

— 김수영, 「거대한 뿌리」 부분

최초의 균열은 밖에서 시작된다. 안에서는 스스로 균열을 가할 원시 본능이 퇴화된 지 오래다. 균열을 가할 아무런 이유를 느끼지 못할 정도로 안은 그들만의 의기투합된 견고한 '갑각甲殼'의 세계로 이루어졌다.

어느 시대나 '환골換骨'은 알을 깨고 나오려는 의지와 미래를 향한 꿈이 있을 때 감행하는 '용기'다. 깰 것인가. 말 것인가. 깨지 못하면 노예가 되고 깬다면 적어도 새로운 세상을 여는 희망을 담보하게 된다. 현실과 타협하면 안락을 보장받을 텐데 그들은 이러한 보장된 길을 박차고 스스로 갑각의 세계에 균열을 가하고자 무모한 길을 선택한다.

주변을 보면 의외로 끝이 안 보이는 길에서 험난한 싸움을 하는 '바보'(?)들이 적지 않다. "하룻강아지 범 무서운 줄 모르고"

오히려 싸움을 자청하는 '풋강아지'들이다. 우리는 이들을 보통 '아웃사이더' 혹은 '주변인'으로 부르는데, 중심과 그 중심의 시혜에 기생하며 사는 숙주宿主들에겐 일개 '타자他者'일 뿐이다.

동양에서는 오래전부터 이들을 '방외지사方外之士'라고 불렀다. 기성 질서와 관습에 저항하는 사람들인데 소위 '모난 돌'로서 한 사회의 중심과 주류에 온몸으로 '정'을 맞는 '비주류'들이다. 이들은 견고하게 응고된 세계에 최초의 균열을 가함으로써 정돈된 기성에 충격을 준다. 기성에 도전하는 일이 실패를 뜻하는 예고된 패배일지라도 이들 돈키호테의 소위 당랑거철螳螂拒轍은 그 자체로 의미를 갖는 '마중물'이다.

현재 우리 사회에는 많은 아웃사이더들이 존재한다. 눈을 돌려 조금만 관심을 갖고 주변을 보면 생활 속에서 세상을 향해 외치는 그들의 노한 함성을 듣는다. 지금 우리가 누리는 최소한의 자유와 권리도 처음 출발은 어떤 아웃사이더가 겁 없이 도전한 결과로 빚어진 빛나는 성취물이다.

'소녀상 지킴이 김샘'의 경우도 이러한 아웃사이더의 한 사람이다. 김샘은 매우 평범한 학생이다. 대학 입학 전까지 경기도 가평의 깊은 시골에서 살았기 때문에 2008년 미국산 쇠고기 수입 반대 촛불시위도 전혀 모르고 살았다고 한다. 그가 위안부 문제에 눈을 뜬 일은 2012년 8월 14일 '수요 집회' 참석이 계기가 된다. 그곳에서 할머니들이 비를 맞으며 자리를 지키는 모습을

봤는데, 수십 년 동안 계속된 집회라는 걸 알고 충격을 받았다고 한다. 이후 위안부 할머니들을 돕는 방법으로 '평화나비 네트워크'를 만들어 위안부 할머니들의 실상을 알리고 '한일 위안부 합의' 문제점을 공유하며 잘못된 합의 파기를 꾸준히 주장하는 일을 했다.

김샘이 세상을 향해 보인 관심은 위안부 할머니들의 인권에서 출발하여 '국정교과서 반대'와 '농민대회' '세월호 진상규명'을 위한 집회 참석 등으로 확장한다. 이 과정에서 발생한 일 4건이 기소가 돼 일주일에 한 번꼴로 법원에 출석해야 하는 상황이다. 검찰은 4건을 병합해 징역 1년 6월을 구형했고, 이후 법원은 1심에서 벌금 200만 원을 선고(2017)했다.

현재 대학 재학 중인 학생 신분이기 때문에 경제적 여력이 없어 많은 시민들이 스스로 모금 운동을 전개하는 중이다. 김샘은 평화나비 활동을 하면서 휴학을 많이 한 탓에 졸업이 늦어진 것은 물론이고, 유무형의 제약과 압력, 그리고 경제적 손실을 감수했다. 그렇다고 그에 대한 보상이 있는 일도 아닌데도 잘못되거나 옳지 못한 일이라고 여긴 것에 대하여 소신과 원칙을 갖고 행동했다. "할머니들의 요구를 현실로 만드는 것이 국가의 역할인데 정부는 그렇게 하지 않았다."라는 말에서 '마당을 나온 암탉'의 결기를 느낀다. 그러면서 1심 판결에 대해 "일제강점기에는 3·1운동도 불법이었기 때문에 유관순 열사도 처벌해야 하나?"

라고 반문, 자신의 현행법 위반이 "불법으로 비치지만 스스로는 정당하다 생각한다."라고 말했다. 그의 꿈은 전문성을 더 갖추기 위해 대학원에 진학, 여성학이나 국제학을 공부할까 고민이라고 한다. 모두 위안부 할머니의 문제를 효과적으로 해결하거나 인권의 존엄함을 알리기 위한 방편이다.

우리 역사에서도 시공간을 초월하여 시대적 모순에 전 생애를 걸고 저항했던 불멸의 아웃사이더들이 적지 않다. 여인의 몸을 세상에 기탁하며 뭇 남성과 가부장적 사회의 이중성을 고발한 황진이와, 인륜을 저버린 왕위 찬탈에 명리를 버리고 주유천하하며 불의한 권력을 비판했던 김시습 등이 대표적이다. 이러한 아웃사이더들에게 세속과 탈속의 구분은 아무런 의미가 없다. 그들이 싸우는 전선은 언제나 기존을 향해 있기 때문이다. 이들의 무모함이 항상 '계란'이 아닌 것은 이유 없는 반항이 아닌 까닭이다. 그래서 계란은 돌이 되고 망치가 돼 거대한 바위를 깨는 '석공정정石工丁丁'*이 된다.

어떤 일에서 비롯된 누군가의 윤리적 분노는 잠자는 지성을 난타하는 터닝 포인트가 되어 운명과 마주하듯이, '위안부 할머니 소녀상'은 김샘에게 생을 가르는 불쏘시개였다. 단단하게 성장하여 어떤 모습으로 우리 앞에 서게 될지 김샘의 미래가 한껏

* 정지용의 시 「장수산」의 '벌목정정伐木丁丁'에서 차용.

기대된다.

김수영이 말한 "모깃소리보다도 더 작은 목소리로 아무도 하지 못한 말을 시작하는 것", 그리하여 끝내 수많은 모기가 함께 합창, 우레를 만들어 내게 하는 것이聚蚊成雷 아웃사이더의 소명이요 각성된 민주시민의 힘이 아닐까. 김샘의 삶을 힘차게 응원한다.

2017

원주행 1

아, 박경리

그러나 나도 남 못지않은 나그네였다
내 방식대로 진종일 대부분의 시간
혼자서 여행을 했다
꿈속에서도 여행을 했고
서산 바라보면서도 여행을 했고
(……)

밭을 맬 때도
설거지를 할 때도 여행을 했다
(……)

다만 내 글 모두가
정처 없던 그 여행기
여행의 기록일 것이다

— 박경리, 「여행」 부분

원주행은 올 들어 가장 추운 날 이루어졌다. 설상가상으로 강원도에 눈 소식도 있어 걱정이 이만저만이 아니었다. '처음 연락이 왔을 때 해를 넘기지 않고 약속 날짜를 잡았더라면 설레어야 할 원주행이 계륵으로 전락하지 않았을 텐데' 속으로 내 게으름과 나태를 탓하며 중얼거렸지만, 그렇다고 별 뾰족한 수가 있는 건 아니었다.

이번 원주행은 꼭 지켜야 하는 이유가 적지 않은 약속이었다. 지난 11월에 원주 '삼육고등학교'에서 한 통의 전화가 왔다. 문학 동아리 담당 선생님에게서 온 전화였다. 1년 전에 출간했던 『한국현대소설 탐구』를 동아리에서 선택하여 공부하던 중, 직접 책을 쓴 저자를 초청하여 문학 전반에 관한 수업을 듣고자 한다는 내용이었다. 저자라는 이유가 나를 초청한 직접 이유일 테지만 사실 이 책은 전공서이기 때문에 고등학생이 소화하기에는 어려운 책이다. 먼 거리도 마다하지 않고 선뜻 약속을 했던 건 저자와 대화를 갖고자 한다는 아이들의 뜻이 대견하고 고마워서였다. 아니 더 정직하게 말한다면, 저자만이 갖는 황홀한 권능을 스스로 교만하게 만끽하고 싶은 충동이 더 컸을 게다.

'원주'는 한번 꼭 가 보아야 할 곳이기도 했다. 80년대 '광주'가 우리 사회 민주화의 천근의 무게를 견인했다면 원주는 그보다 앞서 70년대에 반독재 투쟁의 진원지였다. 저항의 DNA는 그 자체로 생물이어서 죽지 않고 살아 움직이는 게 본성이다. 인화성이 농후한 준비된 의지는 들불처럼 번져 시대 로 혹은 역사로 연동된다. 원주의 저항이 이후 '부마항쟁'(부산·마산)과 '5·18민주화운동'(광주)으로, 87년 '6·10민주항쟁'으로 이어진 것은 결코 우연이 아니다. 그만큼 원주가 갖는 역사적 의미가 남다르며, 이때 저항을 이끌었던 중심인물이 천주교 원주대교구의 '지학순

주교'와 생명운동가인 '무위당無爲堂 장일순 선생'이다. 이후 김지하를 비롯한 많은 의식 있는 젊은이들이 저항의 땅에 속속 잠입 의탁함으로써 원주는 역사 속에서 소위 '원주 캠프'라는 자랑스러운 이름으로 거듭났다.

그러나 내겐 이러한 간단치 않은 배경도 오로지 '박경리'라는 단 한 사람에 이르러 비로소 원주는 분광分光으로 찬란하다. 예정된 특강 시간보다 일찍 도착했던 이유도 '토지문화관'에 들러 작가가 남긴 체온을 함께하고 싶었기 때문이다. 얼마나 와 보고 싶었던 곳인가. 문화관 주변은 보통 평범한 시골 풍경이었지만, 오늘 따라 춥고 살포시 내린 눈으로 인해 조금은 황량하고 적요했다. 주차장에 차가 한 대도 없는 것으로 보아 오늘 이곳을 찾은 사람이 나 혼자밖에 없는 듯했다. 날씨 탓이었을 테지만, 그런대로 시시로 스미는 호젓함은 평생을 고독과 벗한 작가의 훈기 같아 차라리 내겐 호사였다.

건물의 대부분은 입주 작가들의 창작 공간으로 쓰이고 1층에 그가 평생 쓰던 유품과 사진들이 전시되어 있었다. 그중에서 눈에 들어온 것이 '원고지와 펜, 안경집과 담배 지갑'이다. 순간 몸에 전율이 일었다. 저 원고지에 써 내려간 한 땀 한 땀의 글은 표정 없는 문자가 아니라 피를 말리고 육신이 타들어 간 선생의 촛농 같은 삶 자체였을 터이기 때문이다.

책상 하나 원고지, 펜 하나가
나를 지탱해 주었고
사마천을 생각하며 살았다

그 세월, 옛날의 그 집
나를 지켜 주는 것은
오로지 적막뿐이었다
—「옛날의 그 집」 부분

의 구절이 뼛속 깊이 아리는 순간이었다.

지금 내가 눈으로 보고 있는 저 원고지, 저 펜을 의지 삼아 그는 풍진 세상의 탁한 애증을 풀었을 게다. 박경리를 생각할 때마다 분신처럼 떠오르는 이 시는 특히 "사마천"과 "적막"이 가슴을 때린다. 사마천에게 죽음은 궁형에 비해 너무도 쉽게 선택할 수 있는 당연함이었으나 아버지와 약속한 『사기史記』를 쓰기 위해 오히려 그가 선택한 건 사내의 능욕과 치욕을 기꺼이 감내하는 거세된 삶이었다. 사기의 완성은 그 모든 욕망과 울분 격정을 깎고 또 깎아 무화시킨 적막의 소산 피칠갑의 고독 이외 아무것도 아니다. 바람만이 적막의 유일한 흔적으로 그렇게 사마천은 한 세상 사무치게 뼈를 벼리었다.

이런 의미에서 『토지』를 비롯한 그의 작품들은 적막을 먹고 자란 현대판 『사기』인 셈이다. "슬프고 괴로웠기 때문에 문학을 했으며 훌륭한 작가가 되느니보다 인간으로서 행복하고 싶다." 라고 말한 선생의 고백은 슬픔과 비극을 천형天刑처럼 걸머진 문학의 운명을 다시 생각하게 한다.

2018

원주행 2

박경리와 엄마

언제나 그 꿈길은
황량하고 삭막하고 아득했다
그러나 한 번도 어머니를 만난 적이 없다

꿈에서 깨면
아아 어머니는 돌아가셨지
그 사실이 얼마나 절실한지
마치 생살이 찢겨 나가는 듯했다

— 박경리, 「어머니」 부분

사람이 누군가를 좋아하고 관심이 있다는 것은 그냥 그 사람이 좋기 때문이다. 어찌 보면 '그냥'이라는 부사는 불투명하고 모호하기 그지없는 인간 삶의 원초적 조건들을 가장 정확하게 닮은 말이다. 어느 것에도 뚜렷하게 얽매이거나 굳이 이유를 말해야 할 까닭으로부터 자유로운 소위 '멍 때리는' 힐링의 언어인 셈이다. 그냥이라는 말속에는 그것이 긍정이든 부정이든 '귀책歸責'의 해방감이 존재한다. 그러나 이유 없는 이유는 없다. 그냥은 그냥이 되기까지 특별한 사연들을 품는다. 그러니까 그냥은 그냥이 아니다.

내가 박경리를 좋아하는 이유는 그냥이라는 대문을 지나 내실로 한 발짝 더 들어가면 만나는 '특별함'에서 비롯된다. 우선 그 특별함은 지극히 사적이며, 관계는 내 엄마와 연결이 된다. 용모와 생몰生歿 시기 등이 너무도 비슷하며 한 여성으로서 살아 내야 했던 질곡의 시대와 세월 또한 궤를 함께한다. 이런 단순한 이유가 동인이 되어 박경리는 내 문학 연구의 평생의 텍스트가 되었다. 그가 인간적으로 고뇌했던 모든 것들이 내겐 그의 삶과 문학을 탐구하는 실마리다.

전시실을 도는데 그가 썼던 '호미'가 눈을 사로잡았다. 저 호미가 그에게는 '죽비'였던 호미라고 생각하니 특별함이 더했다. 호미는 '시마詩魔'의 숲에서 필연적으로 만나는 난경難境한 미로를 풀어 주는 그의 '필경筆耕'의 도구였을 게다. 누군가 그랬다. "선생에게 흙은 종이요 호미는 펜이었다."라고. 저 호미로 무공해 고추 농사를 지었고 땡볕에 나가 건강한 땀을 흘리며 삶과 글의 온전한 합일을 이루기 위해 부단히 마음을 단속하고 다독였겠지. 그의 글이 그 자체로 현실과 삶인 이유가 바로 이 때문이리라.

언뜻 생각하면 글을 잘 쓰기 위해 일을 잠깐의 수단으로 활용한 듯 보이지만, 그는 일을 유한한 삶을 지속하는 숙명 같은 '바람개비'로 생각했다. "아무리 위대한 예술도 터전으로서의 삶을 능가하지 못해요. 그저 소망일 뿐이지요. 글쓰기란 무엇이냐고 …… 삶 속에서 이루지 못한 소망이, 결코 구현되지 않는 무엇이 존재하기 때문에, …… 쓰지요." 그에게 글쓰기는 불완전하고 유한한 삶에 포승된 개인이 까치발로 저 너머를 보려는 발버둥이며 소망인 셈이다. 그러니까 저 너머를 보려는 소망은 삶에 포승된 개인, 일에 박제된 개인이 없으면 품거나 보지 못하는 벽이다.

힘겹게 숨을 토해 내는 엄마를 병원에 두고 집에 잠깐 들렀을 때 철 대문 위에 걸린 '호미'가 보였다. 이것도 지나고 나면 엄마의 손때가 그리울 것 같아 사진으로 남겨 놓았던 호미였다. 돌아가시기 몇 해 전 엄마는 재개발 지역으로 떠난 도시 인근의 빈터에 형님과 함께 달랑 호미만을 위용 삼아 굵은 땀을 흘리셨다.

언젠가 뵈러 갔는데 하얗던 얼굴이 까맣게 탄 이유를 물었더니 '고구마' 농사를 짓느라 탔단다. 비록 얼굴은 그을렸지만 몸과 마음은 건강해 보였다. 엄마가 쥐어 본 호미는 20여 년 만에 들어 본 호미였다. 서울로 이사를 했다는 것은 곧 호미와의 결별을 의미하는 것인데, 엄마는 호미와 뜻하지 않은 해후를 통해 생의 마지막 숙제라도 하듯 그렇게 고구마를 키우는 일로 대신했다. 왕년의 실력이 유감없이 발휘된 고구마는 달고 맛있었다.

호미와 함께 눈에 들어온 것이 낡은 '담배 지갑'이었는데 참 소박했다. 담배는 호미와 함께 작가의 한恨 많은 삶에 충실한 친

구기자를 따시는 어머니.

구였을 게다. 담배가 머문 고독의 집이 글을 짓는 창작의 산실이었을 테니까. 엄마도 지독한 골초였다. 내가 태중에 있기 전부터 피웠다고 하니 간단치 않은 궐련卷煙의 역사를 자랑한다. 담배의 시작은 약도 절도 없던 시절에 엄마의 배앓이를 달래 주는 치료제로서 주변의 권유에서 비롯되었다고 한다.

돌아가시기 십여 년 전에 금연에 성공하긴 했지만 금연을 하는 동안 벌어졌던 갈등과 안쓰러움 등 소소한 사연들이 적지 않다. 건강을 위해 끊으라는 자식들의 성화가 절대 선善이었다고 해도 담배는 엄마의 근심을 풀어 주는 '저녁연기'였기 때문에 쉽게 끊지를 못했다. 다행히 엄마는 자식들의 바람에 화답을 했으나 마냥 기쁜 건 아니었다. 어쨌든 담배는 엄마의 밥이었으니까.

담배의 빈자리를 대신할 자신도 없으면서 감행한 막무가내의 겁박이었음을 아는 데는 그렇게 많은 시간이 걸리지 않았다.

두 여인 앞에서 외치는 건강을 위한 금연의 잔소리가 너무도 초라하게 느껴지는 것은 왜일까. 어디선가 들리는 또렷한 말,

"너희들이 인생을 알아?"

잔설처럼 여러 상념이 쌓이는 동안 약속된 특강 시간이 다가와 그가 말년까지 살았던 토지문화관 옆 살림집을 둘러볼 기회를 다음으로 미루고 발길을 돌렸다. 어차피 원주는 다시 와야 할 곳이다. 선생이 처음 원주에 터를 잡고 『토지』를 완간한 '단구동 집'에 인간 박경리의 체온이, 작가 박경리의 체취가 더 많이 남아 있을 터이므로. 시에서 나왔던 '옛날의 그 집'이다.

2018

행복의 조건

별똥 떨어진 곳,
마음에 두었다
다음날 가 보려,
벼르다 벼르다
인제 다 자랐오.

— 정지용, 「별똥」 전문

며칠 전 일간신문을 통해 다소 놀랍고 신선한 기사를 읽었다. 물론 미디어를 통해서 이미 알려진 내용이다. 처음 접했을 때 주목을 끄는 내용이긴 했지만 깊이 생각하지 않고 지나친 뉴스였다. 기사 내용은 프로골퍼 장하나 선수 기사였다. 알려진 것처럼 장하나는 2015년 미국여자프로골프LPGA에 진출 2년 반 동안 투어 활동을 하는 선수로 지금까지 통산 4승을 거머쥔 골프 스타다.

특히 포커페이스가 일반적인 필드에서 거침없이 선보이는 외향적 성격은 언제나 화제를 몰고 다닌다. 여기에 그가 펼치는 세레모니는 그의 활달한 성격의 결정판이라고 할 정도로 주위의 시선을 끈다. 그런 그가 LPGA 투어 활동을 접고 한국으로 복귀를 결정했다고 한다. 복귀 이유는 "행복한 골프를 하고 싶기 때문"이란다. 아버지의 현장 조력을 받으며 투어 활동을 했지만 "한국에 떨어진 어머니가 항상 마음에 걸렸다."고 한다. 어머니는 한국에서 딸 건강과 성공을 기원했지만 정작 장하나는 가족과 함께하지 못하며 쌓아 올린 성공에 대하여 근본적 회의를 느껴 그의 말대로 성적보다 '행복한 골프' 인생을 택한 것이다.

사실 장하나가 한 결심이 감동을 준 이유는 성공이 보장된 길 대신 가족과 함께하는 일이 진정으로 행복한 것이란 마음 때문이다. LPGA 투어 활동을 마감한다는 일은 'LPGA 투어 카드'를 포기한다는 얘기다. 아니 더 정확히 말한다면 '반납'하는 일이다. LPGA 투어 카드는 힘들게 '퀄리파잉qualifying' 일명 'Q스쿨'을 통과한 선수에게만 주어지는 일종의 'LPGA 선수 자격증'과 같다. 해마다 세계의 수많은 신인들이 이 자격을 얻어 꿈에 그리는 LPGA 데뷔를 꿈꾸지만, 관문을 통과하는 선수는 많지 않은 게 현실이다.

더구나 이렇게 해서 데뷔한 LPGA에서 성적이 부진하면 이마저도 유지하지 못하고 박탈당할 만큼 생존경쟁이 치열하다. 장하나는 2019년까지 풀 시드권을 보장받은 상태에서 투어 카드를 자진 반납했다. 설령 가족 이외의 또 다른 요소가 그가 내린 결정에 한 부분을 차지한다고 해도 그의 결정이 작아지는 것은 아니다. 지금보다 더 큰 부와 명예를 보장받는 현실은 변하지 않기 때문이다.

장하나가 한 결정은 요즘 현실에서 적지 않은 질문을 던진다. 개인이든 사회든 국가든 앞만 보고 달려온 '성과주의' 혹은 '1등주의' 출세가 결코 행복을 담보하지 않는다는 것이다. 장하나의 말대로 "1등 하면 행복해질 줄 알았는데 1등의 횟수가 늘어날수록 공허와 허전함이 찾아왔다."라고 한다. "무엇을 위해 이렇게까지 하나."라는 그의 말은 목적의식이 분명하지 않은 데서 비롯된 회의이며 행복을 1등에 둔 탓이다. 사람이 살면서 뚜렷한 동기부여를 자신의 삶을 이끄는 견인차로 삼는 사람들이 과연 얼마나 될까. 또 동기부여를 하며 사는 삶의 경우에도 어느 순간 지나온 삶에 회의가 엄습할 때가 많은 게 현실인데 장하나의 경우가 이에 해당했던 게다.

우리는 보통 내일을 위해 오늘의 행복을 희생한다. 그것이 오늘을 사는 이유이며 내일 행복하게 살게 되리라는 믿음 때문이다. 이 말이 모두 틀렸다고 단언하진 못할 게다. 최소의 행복을 보장받는 데 오늘의 헌신과 수고가 전혀 무용하진 않으니까. 문제는 내일을 담보하는 행복이 오늘의 일방적 인내와 희생의 결과이어서도 안 된다는 점이다. 내일 더 행복해질 가능성은 오늘 행복에 달렸으므로.

만인萬人을 위하기에 앞서 '종지기'는 스스로 행복에 대하여

자문自問을 요청해야 한다. '누구를 위하여 종을 울리나…….' 이 심각한 회의에 대한 유쾌한 응답이 반응할 때 비로소 세상에 울려 퍼지는 종소리가 사람들의 마음에 감동을 주기 때문이다.

다시 한번 장하나가 선택한 용기에 박수를 보낸다. '행복한 골프'는 성적으로 말하는 것이 아니라 스스로 즐기고 만족하는 골프일 때 찾아오는 기쁨일 게다. 그의 낙천으로 인해 필드의 그린이 더욱 짙어질 듯하다.

2017

김지하

황톳길에 선연한
핏자욱 핏자욱 따라
나는 간다 애비야
네가 죽었고
지금은 검고 해만 타는 곳
두 손엔 철삿줄
뜨거운 해가
땀과 눈물과 모밀밭을 태우는
총부리 칼날 아래 더위 속으로
나는 간다 애비야
네가 죽은 곳
부줏머리 갯가에 숭어가 뛸 때
가마니 속에서 네가 죽은 곳

— 김지하, 「황톳길」 부분

무심코 뜬 속보를 봤다. 그가 죽었다는. 특별한 감정의 요동이 있었던 건 아니었지만 '또 한 시대가 이렇게 저물어 가는구나'라는 상념이 스쳤다.

올해에는 유독 천상의 별이 된 이 땅에 재림한 독보적 문사들이 많다. 그렇다. 그의 죽음은 한 시대의 종언을 고하는 비보였으며 장엄한 '별리別離'이어야 했다. 사실 그는 익명으로 처리될 수 없는 사람이다. 그 이름 석 자는 강렬하다 못해 차라리 빛보다 더 강한 어둠으로 무딘 정신을 난타했던 시대의 창槍이었으며 역사의 하중荷重을 가진 풍운아였다.

김지하(1941~2022. 5. 8.), 그는 그런 사람이었다. 문학이 짊어지는 당대의 멍에를 온전히 감당했던 유신維新의 영웅이자 타는 목마름으로 민주주의를 외친 들판의 투사였다. '지하 형'이란 호명은 젊음이 앞다투어 동경하며 손가락으로 지목하는 가장 빛나는 '별'이었다. 별은 그의 육신이 처절한 몸부림으로 지상을 품은 끝에 얻은 아픈 영광이었다.

나는 그와 한 번도 만난 적이 없지만, 결코 타인일 수 없는 인연이 있다. 내 박사학위 논문의 주제가 그의 문학이었기 때문이다. 문학은 필연적으로 삶을 관통하는 숙명인 까닭에 인간 김지하의 심연을 남보다 깊이 들여다볼 수 있었다. 그런데도 그의 부음에 별 다른 동요가 없었던 것은 한때 빚은 설화舌禍가 적지 않은 사람들에게 상처를 준 일 때문일 것이다. 나도 그 상처의 예외자는 아니었다.

대표적인 일이 91년 분신 정국에서 쓴 '죽음의 굿판을 걷어치우라'는 칼럼과, 2012년 대선에서 박근혜를 지지한 일이다. 주지하듯 박근혜는 자신을 탄압한 독재자 박정희의 딸이 아닌가. "지옥으로 가는 길은 선의로 포장돼 있다."라는 세간의 말이 있다. 의도와는 다른 오해라고 항변해도 결국 한번 입을 떠난 말은 '지옥 열차'를 멈추지 못한다.

그렇다고 그를 위한 변명의 여지가 전혀 없는 것은 아니다. 그가 감옥에서 만난 건 더욱 날카롭고 벼린 '칼'이 아니라 당시로서는 매우 낯선 담론인 '생명사상'이었다. 일체 뭇 생명의 훼손은 그 어떤 목적으로도 정당화될 수 없는 그만의 철학이요 논리가 됐다. 일회적인 고귀한 생명 앞에 이데올로기와 정치적 신념은 한낱 지엽적 충동으로 보였을 것이다. 현실은 여전히 야만이었지만, 그는 이제 '투사'에서 '성자'가 되는 길을 택한 것이다.

정적政敵의 딸을 지지한 이유도 동일한 함의를 갖는다. 대립과 분열의 정치를 끝내고 역사와의 화해라는 점에서 가장 큰 피해자인 본인의 결단이 갖는 대의명분에 대한 믿음이 한몫을 했을 것이다. 그러나 지식인의 행동은 자신의 역사적 위치가 지니는 엄중함을 인식해야 씻지 못할 경솔함을 줄일 수 있으며 그가 내민 '어려운 화해'도 정당성을 확보하게 된다. 이것이 결여될 경우 선택은 변절로, 선의는 왜곡으로 전락한다.

이런 면에서 김지하의 선택은 진의와는 관계없이 역사의 '패착'으로 귀결됐다. 그럼에도 그에 대한 시선은 비판 일변도보다는 안타까운 시선이 더 많았다. 전사가 얻은 전리품(병든 영육)이 그의 무모한 선의가 초래한 참극을 상쇄하고도 남는 인간적 연민과 슬픔이 있었기 때문이다. 빛이 강했던 만큼 그늘도 넓었던 김지하, 끝없이 기존을 파괴하며 시적 갱신을 도모한 '담시譚詩'로 상징되는 파천황적인 발자취는 시대와의 불화가 도화선이 된 역작力作의 시작이었다.

문학사가 잊지 말아야 할 점은 말의 난무亂舞와 '요설饒舌' 속에서도 항상 영롱한 '서정'이 그의 시를 풍부하게 했다는 점이다. 시가 길면 긴 대로 서정은 건조함을 덜어 내는 수분을 공급했고, 짧으면 짧은 만큼 서정은 더 압축된 응집력을 선보였다. 그의 시의 진가가 단형 서정시에서 눈물겹도록 압권인 이유다.

김지하의 죽음을 보며 역사와 대중의 바람에 전적으로 호응하는 삶은 하나의 환상이란 생각을 하게 된다. 삶이란 그렇게 단선적인 것이 아님을, 산다는 것은 그것을 깨닫는 과정이라는 것을.

> 신새벽 뒷골목에
> 네 이름을 쓴다 민주주의여
> 내 머리는 너를 잊은 지 오래
> 내 발길은 너를 잊은 지 너무도 너무도 오래
> 오직 한 가닥 있어
> 타는 가슴속 목마름의 기억이
> 네 이름을 남몰래 쓴다 민주주의여
>
> –김지하, 「타는 목마름으로」 부분

영욕의 삶을 산 그는 갔지만 사실 그는 위의 시 한 편만으로도 역사 속에서 잠자는 민주주의를 언제나 현재에 호명하는 유일무이의 영원한 전사다. 이젠 뒷골목에서 녹슬어도 좋을 만하다고 감히 자부하며 망각했던 민주주의가 다시금 타는 목마름으로 호명되는 현실을 우리는 살고 있다. 참으로 역사의 아이러니이며, 김지하가 죽었지만 죽지 않은 이유다.

2022

다시, 봄

자연에 사는 일

쏙독새의 외로운 울음소리나
한밤중 못가에서 들리는
개구리 소리를 들을 수 없다면
삶에는 무엇이 남겠는가?

—「시애틀 추장의 편지」 부분

바야흐로 하루가 다르게 연녹색 수채화가 산천을 물들인다. 내가 근무하고 곳이 도시와 떨어진 외딴 산골인 탓에 이맘때 봄이 오는 자연의 변화를 시시로 느끼는 호사를 누린다. 진초록으로 단장을 마치기 전까지 시나브로 물들어 가는 자연의 아름다움을 온몸으로 체감한다. 내 몸과 마음도 덩달아 나날이 짙어진다. 일 년 사계가 변화의 연속이지만 긴 겨울을 이겨 내고 아직도 황량한 자연에 연녹색의 번짐은 그 자체로 하나의 경이驚異이며 생명의 환희다.

마치 앓던 아이의 병세가 호전되어 알음알음 투명한 의식을 찾아 가는 여로와 같다. 누군가를 향한 그리움이 있다면 아마도 저 산천에 번져 조금씩 물드는 연녹색 수채와 같은 것은 아닐까.

한꺼번에 달아올라 여백을 상실한 정열이 그리움이 지닌 시간의 켜와 같지는 않을 게다. 그래서 내겐 꽃보다 '신록'이다. 영랑은 "모란이 뚝뚝 떨어져 버린 날/나는 비로소 봄을 여읜 설움에 잠"긴다고 했지만, 내 여읜 설움은 수채화의 번짐이 더 이상 스미지 않을 때 비로소 "하냥 섭섭해" 운다.

점심을 일찍 마치고 동료 직원이 경작하는 '쪽파 밭'에 함께 갔다. "농부의 발소리를 듣고 농작물이 자란다."라는 이야기가 있듯이, 그는 아침저녁 심지어 짧은 점심시간에도 짬을 내 하루도 빠짐없이 출근 도장을 찍는다. 그 정성에 감복했는지 넓은 밭에 쪽파들이 마치 교장 선생님의 훈시를 듣는 학생들처럼 부동자세로 가지런히 정렬 귀를 쫑긋 세우고 있다. 하나같이 머리를 쓰다듬어 주고 싶은 잘 자란 모범생들이다. 출하를 앞둔 동료 직원의 걱정이 태산이다. 더도 말고 덜도 말고 쪽파 값이 작년처럼 폭락하지 않기를 바라는 소박한 마음 때문이다.

그의 쪽파 밭 옆에는 비닐하우스에 수박 농사를 짓는 아저씨가 있는데 그는 모 방송국에서 방영되는 '나는 자연인이다'의 프로에 출연한 유명 인사다. 나도 그 프로의 애청자인데 채널을 돌리다 그 프로가 방영이 되면 채널을 고정하곤 한다. 삶에 겨운 중장년 남자들에게 인기가 많은 프로로, 전원 삶의 로망을 자극한다. 그와 이런저런 얘기를 하는데 자연에 산다는 것이 생각만큼 만만한 일이 아님을 다시 한번 실감한다.

아저씨의 얘기에 의하면, 그가 방영된 모습을 보고 전국 각지에서 물어물어 그를 찾아오는 사람들이 적지 않다고 한다. 찾아온 그들도 자연을 동경한 사람들이고 그가 사는 곳 옆에 집을 짓거나 그와 함께 살기를 청하는 사람들이었다고 한다. 그들 중에는 말기 암 환자를 모시고 온 아들도 있었는데, 좋은 공기를 마시며 치유를 목적으로 일정 기간 거하기를 요청했다고 한다. 외진 곳까지 수소문하여 찾아올 정도면 정착에 대한 나름대로의 단단한 각오가 있었을 텐데 그들은 공통적으로 일주일을 견디지 못하고 이곳을 떠났다고 한다. 우선 전기가 안 들어오는 곳이기 때문에 생활이 불편했을 것이며, 무엇보다 밤이 되면 무서움을 견디지 못했다고 한다.

이렇듯 바라보는 자연은 동경의 대상이지만 막상 그 속에 들어가면 도시의 편리와는 전혀 다른 야생의 질서 앞에 망연하게 될 게다. 여행하는 기분으로 찾아온 자연과 자연이 삶의 전부가 되는 야생의 삶은 근본적으로 다른 것이기 때문이다.

그의 말을 듣고 중학교 때 배운 것으로 기억하는 구절―"나그네가 바라보는 들은 목가적이며 낭만적이지만 그곳에는 농부의 뼈마디 쑤시는 아픈 현실이 있다."―이 떠올랐다. 동경하거나 소망한다면 온몸으로 동경과 소망에 필요한 현실적 조건과 요구들을 실제로 느끼며 경험하는 준비를 해야 한다. 그렇지 않으면 자연 속에 진정으로 동화되는 일은 불가능하다. 『월든』의 저자 '헨리 데이빗 소로우'의 말처럼 스스로 '자발적 가난voluntary poverty'을 선택하려는 의지가 없다면 자연은 한번 보고 스쳐 가는 그저 주마등 같은 풍경에 지나지 않을 게다.

2017

화양산방華陽山房

동그라미 그리려다 무심코 그린 얼굴
내 마음 따라 피어나던 하얀 그때 꿈을
풀잎에 연 이슬처럼 빛나던 눈동자
동그랗게 동그랗게 맴돌다 가는 얼굴

— 심봉석 작사, 윤현선 노래, 「얼굴」 부분

우리는 특정한 개인을 생각할 때 '지명'이 그 사람을 넓게 호명하는 경우를 종종 발견한다. 예컨대 강릉 하면 신사임당(오죽헌), 영월 하면 단종(청령포), 아산은 이순신(현충사) 등이다. 특이한 점은 행정 지명(장소)이 먼저 알려진 것이 아니라 인물과 직접 인연이나 관계가 있는 구체적 공간과 장소 때문에 행정 지명을 한 인물 전체로 인식한다는 점이다. 이런 인식은 보통 사람의 삶에서도 그대로 드러난다. 상대를 생각하거나 여행 중 그가 사는 인근을 지날 때 사람과 지명, 지명과 사람이 자연스럽게 일치하는 경험들이 있을 게다.

내 경우에도 그런 순간이 교차하는 사람이 있다. '화양동' 하면 떠오르는 분으로, 이때 화양동은 한 사람과 오롯이 동격을 이룬다. 화양동은 괴산군 화양리 속리산국립공원 관할 계곡 주변으로 우암 '송시열'이 후학을 가르친 '우암서원'과 책을 읽으며 머리를 식힌 '암서재岩棲齋', 중국 '무이구곡武夷九曲'을 본떠 명명한 '화양구곡華陽九曲'의 아름다운 풍광이 눈길을 사로잡는 곳이다. 이러한 역사와 위인의 발자취가 서린 아름다운 풍경과 달리 내 머릿속 화양동은 은사님이 땀을 흘리며 농사를 짓는 노동의 현장으로 다가온다. '화양산방'은 규모가 아담한 살림집 '편액扁額'이다.

주변에는 갖가지 유실수가 울창한 숲을 이루고, 집에서 보면 화양계곡 물이 '하현달'처럼 완만한 곡선으로 휘돌아 나가는 풍경이 장관이다. 마당엔 객들이 이야기꽃을 피우는 정자와 너럭바위가 다리를 풀고 인정스레 앉아 있다. 지친 저녁 바람도 잠시 땀을 식히며 쉬어 가는 곳이다. 여기까지만 보면 그야말로 한 폭의 그림 같은 낭만적 풍경이다.

그러나 이곳은 은사님의 땀 냄새가 여전한 '일터'다. 화양산방은 풍월을 읊기 위한 여기餘技의 공간이 아니라 일하기 위해 마련한 '산막山幕'과 같은 불가피한 임시 거처다. 은사님은 시간이 날 때마다 이곳에 와 직접 농사를 지으신다. 처음에는 은사님이 농사를 지으신다는 사실이 생소했다. 학자와 농부, 전혀 어울리지 않았던 이물감 탓이다. 아마도 '교수'라는 직업이 주는 '하얀 손'의 귀족적 이미지 때문이었을 게다.

일상에서 일하며 글을 쓰는 선비의 모습은 지식인으로서 '지'와 '체'를 함께 연마하는 고매함으로 옛 시조에서 심심찮게 등장하는 익숙한 모습이지만, 사실 그런 모습은 반상의 구별이 뚜렷한 현실에서 실제 모습이 아니라 당시 유행하던 문학적 관습이었다. 선비는 늘 '책상물림'의 '백면서생'이었다. 이 같은 전통(?)은 오늘날에도 크게 바뀌지 않고 사람들의 이미지 속에 봉인되어 산다.

사실 '노동'과 '공부'는 둘로 구분되는 게 아니다. 공자도 『논어』「학이」 편에서 효도와 공손, 근신과 신의, 그리고 사랑과 인한 사람을 친근히 한 후 "여력이 있을 때 글을 배우라行有餘力 則以學文"고 할 정도로 글로 상징되는 공부를 후위에 두었다. 공자의 이 말은 우리가 보통 잡다한 일로 치부하는 생활 주변의 소소한 일들의 중요성을 말하며, 그것들의 충실을 전제로 하지 않는 공부가 무슨 의미를 갖는지 묻고 있는 것이다. 지식의 과잉과 남용이 얼마나 무서운 무기로 사회를 병들게 하는가를 우리는 지금 신물 나도록 본다. 이천오백 년 전의 공자도 이런 위험성을 인식했기 때문에 소위 닥치고(?) 하는 글공부를 경계했을 게다.

공자의 이 말의 행간을 더 들여다보면 글공부만 공부가 아니라 몸을 움직이는 실천이 더 근본 공부라는 것을 알 수 있다. 공자는 또 "부모와 임금을 잘 섬기며 벗들과 신의가 있다면 그가 공부하지 않았다 하더라도 나는 반드시 그를 가리켜 공부한 사람"* 이라고 말함으로써 공부에 대한 오랜 편견을 깼다.

'인문人文'은 '인간학'이다. 인간의 심성과 육신, 그리고 환경까지도 총체적으로 아우르는 공부의 시종始終이며 '천문天文'의 섭리를 바탕으로 땅에서 인간이 수놓은 '삶의 무늬'다. 특히 그중에서 '국문國文'은 '인문의 밭人田'이다.

이런 면에서 '화양동 밭'은 또 하나의 인문의 밭이며 밭곡식들이 알알이 영글어 갈수록 은사님의 인문의 밭도 더불어 풍성해질 게다. 은사님의 육성에서 힘을 느끼는 것도 여기에서 비롯된 듯하다. 경험에서 얻은 사실이야말로 박제된 글에 생명을 불어넣는 '기운생동氣運生動'의 원천일 테니 말이다.

언젠가 은사님은 처음부터 농부가 되어야 했다고 하시며 웃으신 기억이 눈에 선하다. 농부가 되어도 글은 농사와 사람의 이치를 깨닫게 하는 데 긴요한 문리文理의 통로 역할을 했을 것이다. 5~6월에 화양산방을 가면 갖가지 싱싱한 유기농 채소들이 다투어 고개를 내밀고 붉은 보리수가 신발 벗고 마중 나온다.

2018

---

* 事父母, 能竭其力: 事君, 能致其身: 與朋友交, 言而有信: 雖曰未學, 吾必胃之學矣.

정치와 청춘과 1987

내를 건너서 숲으로
고개를 넘어서 마을로

오늘도 가고 내일도 갈
나의 길 새로운 길

— 윤동주, 「새로운 길」 부분

선거, 특히 대통령 선거 때만 되면 '이념'의 문제는 유력 후보자와 그 세력이 유권자에게 강권하는 단골 메뉴로 한국 사회에서 오랫동안 '일품요리'로 포장되어 왔다. 세월이 흘러감에 따라 일품요리에 식상한 사람들이 늘어나면서 그것에 대한 선호도 예전만 못하게 되었지만, 여전히 일품요리의 마성의 미각에 중독된 사람들이 적지 않다. 분단이 지속되는 한국 사회에서 이념의 문제는 보수가 행사하는 교활한 매력의 전가의 보도이며 그들에 의해 확대재생산되어 왔다.

편의상 진보에 상응하는 관점으로 보수라고 했지만, 한국 보수는 세계 보편적 가치로서 전통에 기반을 둔 권위와 품격의 보수가 아니라 극우 성향의 편향적 '기형 보수'다. 기형 보수는 분단에 기생하는 '숙주'다. 진보와 보수의 문제는 칼로 무 자르듯 쉽게 구분되는 문제는 아니다.

더구나 분단의 현실에서 진보와 보수의 구분은 당초 그 진의를 호도하거나 타매하는 덫도 상존하고 있어 늘 예민하게 충돌해 왔다. 상식의 우리에서 함께 동거하는 진보와 보수는 그것이 이념의 문제로 옮겨지는 순간 전혀 다르게 첨예한 대립과 갈등을 동반한다.

한 사람이 갖는 사회 역사적 관점을 굳이 구분한다면 나는 '진보주의자'다. 되도록이면 김수영의 바람대로 비숍 여사와 연애하여 육두문자 세례를 받는 진보주의자가 아니라 '무수한 반동反動과 전통'까지 사랑하는 진보주의자이기를 소망한다.

아무튼 나는 진보주의자다. 내가 언제부터 진보 성향을 갖게 되었는지 뚜렷하지는 않지만, 아마도 1987~88년 내 나이 스무 살 초반 언저리로 기억한다. 인식의 발단은 조정래의 『태백산맥』과 이병주의 『지리산』, 그리고 이태의 『남부군』과 『전태일 평전』을 읽으면서 희미하게 싹텄을 게다. 책 속 주요 등장인물들이 우리와 전혀 다른 영웅이 아니라 똑같은 사람이란 것과, 그들이 역사 속에 뛰어든 이유가 거창한 담론이 아닌 우리 사회의 구조적 모순과 부조리에 대한 윤리적 분노 때문이란 것을 느끼고 받은 충격이 아직도 생생하다.

이후 포석 조명희와 이기영, 이용악(재북)과 오장환, 이태준과

홍명희, 임화 등의 망명 및 월북 문인들의 작품을 읽으며 그들이 문학작품 속에 표현한 당대 한국 사회의 모습과 서정, 그리고 모순을 생각했던 시간은 내가 현실에 눈을 뜨는 직접적인 계기가 되었다. '시와 소설이 이렇게 아름답고 사실적인데 그들은 왜 망명과 월북을 했을까?'라고 회의했던 지점이 내 역사 사회 인식의 발화점이었다. 그러나 현실인식을 깨우칠수록 심한 부채 의식이 엄습했다.

그중에서 가장 아프게 내 자의식을 강타한 것은 '남영동 재수 시절'이다. 행정구역상으로 기억이 정확하게 나지 않지만 '아이템플 화신학원'이 용산구 남영동과 후암동 근처에 있었다. 그런데 최루탄 가스 때문에 수업이 정상적으로 이루어지지 않을 때가 많았다. 청바지와 헬멧을 쓴 '백골단'의 무서운 곤봉과 흉흉한 얘기만이 차가운 기운을 만들고 주변이 온통 파장罷場처럼 산만하게 부유하던 시절이었다. 역사의 현실은 치열하고 뜨거웠으나 그렇다고 내 청춘의 오만한 열정이 사회 현실로 곧바로 향하지는 않았다. 한강과 남산, 명동과 신촌은 치기 어린 낭만을 발산하는 욕망의 통로였으며, 학원가 뒷골목 선술집은 폭주하는 갈증을 풀어 내는 요긴한 해방구였다. 족보를 알지 못하는 문학과 인생을 술안주로 뇌까렸지만 사회 현실은 부지중에도 내 영역이 아니었다. 그러던 중 '박종철 고문치사 사건'과 '이한열의 죽음', 그리고 이후 자살이 일상화된 '분신 정국'이 있었다.

특히 박종철의 죽음이 자행된 '남영동 치안본부 대공분실'은 불과 손을 내밀면 닿을 듯한 거리로, 내가 다니던 학원과는 길 하나를 두고 마주보는 위치였다. 박종철과 이한열의 생때같은 죽음이 '6·10민주항쟁'의 기폭제가 되고, 드디어 '6·29선언'을 이끌어 낸 건 주지하는 바다. 학원을 마치고 '성남극장' 앞에서 버스를 기다리는데 눈송이처럼 뿌려진 '호외號外'를 잊을 수 없다. 다방 유리창에 붙여진 '오늘은 기쁜 날 차와 커피는 공짜'라는 글귀는 역사적 현실 속에서 내 젊음이 교차할 때마다 떠오르는 낡은 영사기의 시네마 천국이다.

나는 이때까지만 해도 대학생들이 왜 그토록 극렬하게 데모를 하고, 심지어 극단적인 선택을 하는지 도무지 이해하지 못했다. 그들이 애절하게 호소하는 목소리와 행동을 일반적 수준의 기성의 선입견으로만 해석했으며, 나와는 전혀 다른 세계에 사는 사람들로 치부했다. 저들의 무리 속에 내 친구와 선배들이 있었으나 그 시대 나는 시대의 감수성에 예외적인 둔감한 '바보'였다. 이런 부채감으로 인해 이후의 내 삶은 내가 처한 현실에서 깜냥껏 하는 '행동하는 양심이요 깨어 있는 시민'이 되기 위한 생활 속 작은 날갯짓의 일환들로 채워졌다. 두 전직 대통령의 절절한 호소는 정권의 색깔과 관계없이 유효하며 내가 생활 속에서 진보를 실천하는 상식이 되었다.

마침 영화 〈1987〉이 개봉되었다. 내 젊은 날의 삶의 기록이 기억의 회랑을 뛰쳐나와 눈앞에서 펼쳐진 파노라마 같은 장관이었다. 영화 속에는 내 비등하는 청춘의 덫과 아픔, 그리고 사랑과 울분이 시대처럼 선명하게 번지고 있었다.

2017

그때 그랬더라면

나는 가끔 후회한다
그때 그 일이
노다지였을지도 모르는데
그때 그 사람이
그때 그 물건이
노다지였을지도 모르는데

— 정현종, 「모든 순간이 꽃봉오리인 것을」 부분

사람의 행위 중에서 '결과론'처럼 생각을 복기하게 하는 단어도 없을 듯하다. 하나의 행위는 처음과 중간을 경유하여 끝을 맞이하게 되는데, 결과론은 끝이 개인의 바람이나 원하는 대로 이루어지지 않았을 때 많이 사용하는 말이다. 당연히 때늦은 후회와 아쉬움을 동반한다. 결과론에 반응하는 진한 탄식인 '만시지탄晩時之歎'은 이를 낮지만 긴 목소리로 웅변한다. 땅을 치며 후회해 본들 이미 어떻게 하지 못하는 지나가 버린 일이 된 것이다.

며칠 전 거실 탁자 위를 정리하다 종이로 접은 '횃불'이 눈에 들어왔다. 횃불 봉에는 "박근혜는 하야하라."라고 적힌 글씨가 선명했다. 국회 탄핵 표결 전 퇴진 요구가 봇물처럼 비등할 때 초등학교 3학년인 서현이가 즉석에서 뚝딱 만든 '작품'이다. 평소 그리거나 만들기를 좋아하는데, 정의에 대한 희미한 윤곽이 고사리손을 움직였다고 생각하니 퍽 대견하여 칭찬을 해 주었다.

결국 박근혜는 국회 탄핵은 물론이고 헌법재판소에서 최종적으로 탄핵이 인용되어 끝내 구속됨으로써 불명예스럽게 역사의 뒤안길로 사라졌다. 역사에는 '만약'이란 게 없다지만, 이 말은 비단 거창한 역사에 국한된 문제만은 아닐 게다. 그 역사의 주체가 사람이기 때문이다. 돌이켜 보건대 박근혜도 그때 퇴진을 했다면 이후 벌어진 탄핵과 구속이라는 미증유의 오명은 피해 갔을 것이다.

이 같은 선택을 하지 못했던 이유를 인간적 입장에서 일견 동의하는 부분도 없지 않지만, 끝내 파국을 피하지 못한 일은 자신에게 유리한 쪽으로 상황을 낙관하고 있었기 때문이다. 영국의 심리학자 피터 웨이슨Peter Wason은 이러한 현상을 자신이 보고 싶은 것이나 믿고 싶은 것만 선택적으로 취하는 일종의 자기 방어기제인 '확증 편향confirmation bias'이란 용어로 규정했다. 자리보전을 위한 욕심이 확증 편향으로 이어져 돌이키지 못하는 일을 초래한 것이다.

장밋빛 청사진을 현실로 만들기 위해서는 화려함 속에 숨은 비관적 현실을 인식해야 한다. 설령 비관이 아니어도 그러한 환경을 의도적으로 상정하여 항상 있게 되는 예외를 대비해야 '만일萬一'을 줄인다. 떨어질지 모른다는 가능성이 '외나무다리'를 통과하게 하듯 위험을 상상하는 일은 발칙한 도발이 아니라 오히려 긴장을 자극 위험 요소를 미리 제거하는 신중한 역설이 된다. 가상으로 설정된 위험은 그만큼 실패의 확률을 줄이며 성공의 가능성을 높인다.

사람은 유독 자신과 관계된 현실 인식에서 의식적으로 부정적 인식보다는 긍정적 시각으로 현상을 보려는 '부정 회피' 본능을 보인다. 구체가 결여된 긍정이어도 이러한 시각은 바뀌지 않는다. 이성적이라기보다는 다분히 소망의 당위에 기인한 결과이며 충분히 공감이 가는 측면이기도 하다.

하지만 현실을 보는 냉엄한 직시만이 이미 와 버린 종점에서나마 되도록 후회를 줄이는 선택인 것만은 분명하다. 캄캄한 현실에 한 줄기 빛인 긍정의 묘약도 사실은 현실이란 '팥소'가 빠진 무조건 달기만 한 '당의정糖衣錠'이 아님을 우리는 안다. 의지만 있다면 미네르바의 부엉이는 황혼이 아니어도 날개를 펼 수 있다.

이 글을 쓰는 동안에 내 머릿속을 맴도는 건 지금까지 내 인생도 이렇게 굳어진 수많은 결과론들로 이루어진 시간의 퇴적이라는 점이다. 그 많은 후회와 아쉬움들이 결과론의 산물일 테니까.

올해에는 요리와 한동안 심취했던 등산을 다시 시작하고 싶다. 이 시대 일품요리 서너 가지 정도는 아내의 칭찬에 목마른 남자들의 생존(?)을 위한 필수조건이며, 등산은 움직이면서 먹는 종합비타민이자 전람회의 생동하는 그림이다. 늦었지만 여기에서부터 다시 시작해야겠다. 늦었다고 생각할 때가 가장 빠르다는 말을 위안 삼아.

2016

시선과 마음

버거운 짐을 지고 언덕을 오르는
저 가는 발목

꽃을 지고 간다고 즐거움이랴
저 가는 발목

빈 몸으로 서 있어도 가볍지 않은
저 가는 발목

세월도 짐이 되는
저 늙은 발목

— 조철호, 「노새」 전문

"열 길 물속은 알아도 한 길 사람 속은 모른다."라는 속담처럼 사람 관계의 가변성을 명확하게 말해 주는 말도 없을 듯하다. 나도 내 마음을 모르는데 어찌 상대방이 마음을 안단 말인가. 수년 전에 인기를 끌었던 김국환의 「타타타」 노랫말이 생각난다.

네가 너를 모르는데
난들 너를 알겠느냐
한 치 앞도 모두 몰라

다 안다면 재미없지…….

여기에서 '안다'는 것은 안면이 익다는 말이 아니라 상대방의 마음을 안다는 것일 게다. 마음을 안다는 것의 궁극적 의미는 그 사람의 행동과 마음 씀씀이를 안다는 일로, 결국 한 사람의 인격 형성의 요체를 안다는 것이다.

그러나 이러한 경지나 관계로 서로 호응하는 일은 쉽지 않다. 나도 내 마음을 모르지 않는가. 노랫말처럼 마음을 비롯하여 인간사의 모든 일들을 미리 안다면 가변성이 주는 자율적 조건들이 다식판처럼 획일화된 체념으로 굳어질 게다. 궁금하지만 판도라의 상자를 열지 않는 이유도 될 것이다. 상대방의 마음의 의미는 그 사람의 마음 상태를 얘기한다. 그 사람의 현재의 마음 상태를 안다는 일이기에 그에 대한 따뜻한 시선과 관심이 선행되지 않으면 영원히 알지 못하는 심연이다. 이 글을 쓰면서도 사람의 마음은 참으로 난해하며 불가사의한 미로임을 다시 한번 느낀다. 문자는 제한된 수단으로 내 마음을 정확하게 표현하여 전달하는 데 언제나 불충족한 결여인 까닭이다.

이러한 마음이 '시선'과 만나게 되면 어떤 결과를 가져올까. 나쁜 마음으로 세상과 사물을 보게 되면 모두 불순하게 보이며, 여리고 착한 마음으로 세상을 본다면 세상은 모두 보살피거나 감싸 주어야 할 살뜰한 존재가 될 게다. 그렇기 때문에 사람의 마음속에 고인 현재의 마음 상태가 중요하다.

맹자도 '사단칠정四端七情'을 정의하면서 인仁의 단서端緖로 '측은지심惻隱之心'을 지목하며 그 근거로 '유자입정儒子入井'을 들었다. 나와 관계가 없는 어린아이라고 해도 우물에 빠지려고 하면 불문하고 물에 들어가지 못하도록 구한다는 얘기다. 유자입정은 맹자의 '성선설性善說'의 바탕이 되는 논리이기도 하다. 마음은 바라보는 태도인 '시선'을 규정한다. 현재 내 마음이 지향된 곳이 시선이기 때문에 지향된 대상은 어떤 한 개인의 마음 상태를 온전히 흡수하는 또 하나의 분신인 셈이다. 거친 뜻으로 쓰이긴 하지만, 소위 뭐 눈에는 뭐만 보인다는 말은 마음이 향하는 시선을 정확하게 설명하는 말이다. 그런데 보다 중요한 일은 애초의 마음과는 별개로 시선이 머문 후에 벌어지는 변화와 흐름이다. 시선은 마음에 작용을 받는 경우가 많지만 한편으로는 마음과 다르게 대상에 고정된 시선도 존재한다.

이때 머물게 된 시선에서 별다른 정서적 변화를 느끼지 못한다면 '목석木石'과 다르지 않다. 설령 마음이 시선을 규정하지 못한다고 하더라도 시선에 포착된 대상의 상황을 보게 되면 애초의 마음과는 별개로 도와주려는 마음이 생기는 것이 인지상정이기 때문이다. 시선이 고정된 곳에 마음이 '동動'하는 일은 너무도 자연스러운 감정의 발로다. 애초의 선한 마음이 없어도 사람은 자기 시선 속에 포착된 대상의 상태와 안위가 위급하다면 자연스럽게 마음을 연다.

안타깝게도 시선을 마주하면서도 마음이 동하지 않는 거북이 등보다도 더 무디고 딱딱한 '갑각'의 감성을 가진 사람들이 존재한다. 맹자가 말한 성선설처럼, 원래 착한 심성을 가진 사람들이나 일상에서 의義를 실천한 사람들이 많지만, 그렇지 않은 경우에도 시선의 머문 곳의 상황에 마음이 동하여 의를 실천한 사람도 적지 않다. 세평의 박함을 비웃기라도 하듯 시선이 머문 상황의 위급함을 외면하지 않았다는 점이다. 그렇다면 그간 이 사람이 받았던 세간의 평가는 그야말로 사상누각이며 자신들의 이해관계를 변호하거나 강화하기 위한 수단으로 세 치 혀를 위악에 동원한 일에 지나지 않는다.

이렇게 사람 마음을 일반적 기준으로 평가한다는 일은 애초에 불가능한 것인지도 모른다. 마음이 있는 곳에 자연스럽게 따뜻한 시선이 머무는 것은 어찌 보면 너무도 당연한 일이다. 마음이 그러하면 세상 모든 일들이 그 마음과 같기 때문일 게다.

그러나 당초 마음이 없었더라도 시선이 머문 곳의 특별함에 눈을 감아서는 안 될 일이다. 시선으로 인하여 마음이 움직이는 일, 시선으로 하여 마음이 새로운 경지를 개척하는 일은 마음의 영토를 확장하는 일이기 때문이다.

우리는 매일매일 내 주변 풍경과 사물, 그리고 대상에 시선을 두면서 마음을 의탁하며 정화한다. 나를 지나치게 중심에 둔 투사를 하지 말고 머문 시선이 말하려는 '속삭임'에 귀를 쫑긋 세우고 숨을 죽여 보자. 번역이 필요 없는 자연의 '소리'(말)가 속살거릴 게다.

아담이 눈뜰 때

"왜 아이들은 철이 들어야 하나요?"
— J. M. 바스콘셀로스, 『나의 라임오렌지나무』 부분

"아들을 키우는 일이 아니라 딸을 키우는 것"이라는 얘기는, 우리 집에 오래된 나만 듣는 가훈이자 아내가 하는 훈계이며 일상으로 듣는 잔소리다. 아들을 키워 보지 않아서 세세한 것은 모르지만 확실히 딸은 여자이기 때문에 갖는 본디의 특성이 있는 듯하다. 돋보이는 특성이 '섬세함'이다. 특정한 태도를 기준으로 남녀의 행동과 사고를 규정하는 일은 바람직하지 않다. 그러나 본디 여자가 남자보다 섬세하다는 것은 이미 보편적인 상식이다. 섬세함은 세상을 대하는 깊이와 타인을 생각하는 배려의 덕목으로 인간의 교양적 감수성과도 밀접한 관련을 갖는다.

내가 섬세함을 장황하게 얘기한 것은 며칠 전에 경험한 '특별한 일' 때문이다. 초등학교 5학년 딸이 2박 3일 '역사 탐방'을 마치고 학교로 돌아오는 시간에 맞추어 마중을 나갔던 일에서 벌어진 작은 사건을 말한다.

마침 그날이 휴가를 낸 날이어서 편한 마음으로 학교로 향했

다. 간혹 아빠들이 눈에 보이긴 했지만 역시 아이들은 엄마 차지인 듯 곳곳에 삼삼오오 짝을 지어 아이가 오기를 기다리고 있었다. 나 역시 안면 있는 엄마와 인사를 나누고 이야기를 하던 중 버스가 도착, 그쪽으로 이동하여 딸을 기다렸다.

드디어 서현이가 버스 트랩으로 나왔다. 반가운 마음에 불렀는데 평소처럼 아빠를 부르거나 달려들지도 않고 표정이 밝지 못했다. 내친 김에 담임선생님께 인사를 하려고 아이에게 선생님이 어디 계시냐고 물으니 아이는 "아빠 차 어딨어?"라며 이 현장을 급하게 떠나고 싶은 듯 나를 재촉했다. 담임선생님은 최근에 새로 부임하여 따로 인사드릴 기회가 없었다.

차를 타고 집으로 오는 중에 아이와 한마디도 하지 않았다. 어른이라고 아이에게 일방적으로 관대해야 할 이유를 그 순간만은 찾지를 못했기 때문이다. 버스 트랩을 내릴 때부터 느낀 생각이긴 했다. '이 아이가 아빠를 창피하게 생각하는구나.' 그렇게 생각을 하는 순간부터 밑바닥에서 제어하지 못하는 속상한 마음이 스멀스멀 차 오르긴 했었다. 아무리 철없는 아이라지만 아빠를 창피하게 여기고 있다고 생각하니 서운한 감정은 원색을 노골화했다.

아이가 창피한 생각이 들었다는 것은 마중을 나온 다른 엄마 아빠들과 나를 비교한 후 내린 우열의 결과라는 데 속상함이 더했다. 집으로 가는 도중 차 안 공기는 냉랭했고 팽팽한 긴장감이 감돌 뿐이었다. 아내의 학원 앞에서 아이를 내려 준 후 차를 몰고 기분 전환을 했음에도 속상함은 쉽게 가라앉지를 않았다. '도대체 내 어떤 면이 아이를 창피하게 만들었을까.' 차라리 이 마주하고 싶지 않았던 궁금증은 저녁 식사 자리에서 풀렸다.

내가 조금은 두렵고 염려했던 일은 아이의 창피한 원인이 내 노력이나 수고로 단박에 변하거나 개선되지 못하는 '어떤 것'이었다. 지금보다 더 높은 사회적 지위, 지금보다 더 많은 경제적 능력 등등은 지금까지 너에게 아빠라고 불리는 한 인간이 쉰 줄에 들어서는 문턱까지 땀 흘린 끝에 다다른 나만의 소박하지만 찬란한 '영토'란다. 영토를 일구는 일은 앞으로도 아빠의 몫이지만, 아빤 이미 영토의 성주로서 펄럭이는 깃발을 보고 있단다.

다행스럽게도 아이가 말한 오늘의 창피함은 아빠가 입은 일명 '추리닝'이 원인이었단다. 이 말을 듣는 순간 안도와 함께 내 기준에서 편안함만을 생각했던 짧은 생각이 부끄러웠다. 지금 생각해 보니 그날 마중 나온 엄마 아빠들의 차림새는 5월처럼 밝고 화사했다. 모두 학교 인근에 살기 때문에 편한 차림을 생각했을 텐데 그들은 정성스럽게 의관을 정제하고 외출을 했다. 그들이라고 왜 편한 것을 모를까. 그들이 귀찮아도 시간을 내 차림새에 신경을 쓴 일은 아마도 아이의 입장을 고려했기 때문일 게다. '행여 내 행색으로 인해 아이가 상처를 받지 않을까' 하는 부모 된 자의 '우환의식憂患意識' 말이다.

사실 이번 일은 성장하여 되돌아보면 아무 일도 아닌 어쩌면 기억도 어렴풋한 어린 날의 사소한 추억에 지나지 않는 일인지도 모른다. 그러나 성장 과정에서 아이의 눈높이로 본 그 순간의 일은 그것이 세상의 전부이며 우주일 게다. 성장은 이러한 순간순간이 쌓여 완성된 삶의 충일充溢일 테니까.

그 후로 아이를 마중할 기회가 오면 한 번 더 옷매무새에 신경을 쓴다. 마치 내가 서현이가 태어나기 전에 한 여인을 만나러 갈 때의 부풀고 설레던 마음처럼…….

2018

애도의 결여

상을 당하여 슬퍼하지 않는다면
내 무엇으로 그런 사람을 알아주겠느냐?

臨喪不哀, 吾何以觀之哉?

— 공자, 『논어』 「팔일」 26장

"살아 있는 모든 것들은 다 죽는다." 고금을 통틀어 이처럼 지엄하고 확실한 명제가 또 있을까. 이러한 불변의 철칙이 수용되려면 하나의 기대 섞인 전제가 있어야 한다. 그것은 바로 다가올 죽음이 '자연사'라는 소위 '예측 가능한 어떤 일'일 때에 한해서다. 그러나 '돌연사'일 경우라면 상황이 달라진다. 자연사가 아니기 때문에 죽음을 수용하는 방식에 차이가 발생한다. 자연사는 슬프되 순응적일 수 있지만, 돌연사는 말 그대로 예고 없는 갑작스러움이므로 순응적일 수 없으며 일체의 부정 반응이 주를 이룬다.

또한 돌연사는 자연사와는 달리 죽음을 사주하거나 기획한 실체가 분명히 엄존하지만, 망자의 혼은 물론 그와 관계된 사람들에게 죽음을 받아들이게 하는 납득할 만한 이유를 제시하지 못한다. 더 정확히 말한다면 하고 싶어도 하지 못한다. 애초부터 그러한 이유는 세상에 존재하지 않기 때문이다. 그러므로 닥친 죽음은 수취인 불명이란 낙인을 달고 거리를 배회한다. 영생을 소망하는 인간에게 납득할 만한 죽음의 이유는 처음부터 존재하지 않는 것인지도 모르겠다. 현실의 죽음이 예외적인 것이 될 때 그나마 부족한 대로 납득에 버금가는 수용이 가능할 텐데, 우리의 삶을 돌아보면 돌연한 죽음들이 일상화되며 그 유형도 천차만별이다. 개인 간에 비롯된 사건 사고도 사실 알고 보면 개인의 문제로 단정하지 못하는 구조적 문제인 경우가 허다하다.

요즘 우리 사회에 만연된 돌연사는 개인을 보호해야 할 국가가 가해자라는 데 그 심각성이 크다. 더 문제가 되는 일은 죽음을 조사弔詞하는 방법과 형식인데, 이는 죽음을 애도하지 않거나 '은폐'하는 것을 말한다. 너무도 비근한 일이라 따로 예를 들 필요가 없을 정도다. 닥친 죽음을 풀어 내는 태도에서 죽은 자를 여러 번 다시 죽이는 의도된 살인을 한다.

공자도 『논어』「팔일」편에서 "상사喪事는 형식을 갖추기보다는 차라리 슬퍼해야 한다."라고 말했다. 일단 닥친 죽음을 사후 수습하기에 앞서 억울하게 죽은 망자와 그 유족들을 위해 애도를 하는 게 인간에 대한 예의일 텐데, 현실은 오히려 죽음을 '왜곡'한다. 우리가 죽음 앞에 이유를 불문하고 슬퍼해야 하는 일은 한 생명의 고유함과 존엄성이 그 어떤 것으로도 대체 불가능하기 때문이다. "모래알이지만 똑같은 것은 존재하지 않는다."라는 플로베르의 말은 시의 언어만을 위한 말이 아니라 인간의 고유성을 설명하는 데도 적합하다.

우린 언제쯤 다가온 죽음을 정중하게 맞으며 융숭하게 대접, 배웅하게 될까. 이청준의 소설 『축제』는 이제는 전설처럼 희미해진 죽음의 오래된 미래를 다시 한번 환기시킨다. "동네 뒷산 양지바른 언덕 아래다 마을 영감 한 분에게 당신의 집터를 미리 얻어 놓고 겨울철에도 날씨가 좋으면 그곳을 찾아가 햇볕 바래기를 하다 내려온다던 노인"이 등장하는데, 죽음과의 만남은 피하지 못하는 숙명을 띠지만 그 진행 과정은 담담한 일상성을 띠는 조우이어야 한다는 것을 보여 준다. 노인의 집에 대한 유별난 집착도 "오는 사람들한테 쓴 소주 한 잔이나마 대접해 보내고 싶"은 당신 사후에 벌어질 산 자(자식)들을 위한 배려에서 기인한다. 그러나 이것도 결국 예측되는 죽음이기에 가능한 일이다.

이런 이유로 한 생명의 죽음은 죽음이라는 외면적 절연에서 오는 절대 슬픔을 벗어나 피안의 세계로 전이되는 축제로 고양된다. 융숭한 작별 없이 우리가 어떻게 다음을 기약하게 될까. 융숭한 작별은 돌연한 죽음이 도처에 난무하는 현실이 아닌, 간혹 있어야 하는 특별함일 때 가능하다.

애도는 모든 죽음에게 바치는 이승에서의 별리의 제의적 형식인데, 죽음은 애도를 전송받으며 비로소 치열했던 삶의 애착과 미련을 뒤로하게 된다. 그만큼 애도는 죽은 자의 사인과 내용까지도 부족한 대로 융숭하게 달래며, 산 자가 죽은 자에게 지상에서 하는 인간의 마지막 '진혼鎭魂'이다. 죽은 자가 스스로 평하는 제의 과정의 흡족의 여부가 애도의 질을 결정하게 되는데, 이는 전적으로 산 자가 행하는 애도의 진정성에 달려 있다. 죽음은 현상적으로 부재지만 진정한 애도의 내용을 통해 현전의 가능성이 열리게 되는 것이다. '호상好喪' 현장의 '만가輓歌'는 이러한 축제의 백미를 상징한다.

2014

연극이 끝난 후에

어디서 그대는 아름다운 깃털을 얻어 오는가
초록을 생각하면 초록이 몸에 감기는가
분홍을 생각하면 분홍이 몸에 감기는가
무엇이 그대 모가지를 감싸 안으며 멋진 마후라가 되는가

— 이성복, 「라라를 위하여」 부분

퇴근 후 거실에 앉아 있는데 식탁 위에 오도카니 놓인 '물병'이 눈에 들어왔다. 한동안 물끄러미 물병을 응시했다. 하이데거가 말한 '방념放念(Gelassenheit)'의 상태였을 것이다. 물병은 오늘 서현이와 일거수일투족을 함께한 서현이의 복심이자 분신이었다. 태어나 처음 전교생 앞에서 자신이 '누구인가'를 말하기 위해 자기 차례가 다가오는 초조한 시간에 서현이의 떨리는 심장 소리를 물병은 하나도 빠짐없이 선명하게 기억했을 것으로 생각하니 왠지 마음 한구석이 짠했다. 대견했으나 한편으로는 안쓰러웠다.

물병은 어제 아내가 준비를 했다. 아침에 등교하는데 물병을 건네주며 연단에 오르기 전에 목이 마르면 자주 마시고 또 연단

에 올라가서도 목을 축이라고 당부를 한 물병이다. 많은 사람들 앞에서 말을 해야 하는 상황은 누구나 극도로 긴장하기 마련이다. 할 수만 있다면 피하고 싶은 시간이기도 하다. 하물며 아직 초등학생인 서현이는 전교생 앞에 서 본 경험이 처음이다. 그 순간의 떨림과 두려움이 대강 짐작이 갔다. 이런저런 상념에 젖다 일어나 식탁 위에 물병을 만져 보았다. 다 마시지 못한 물이 출렁인다. 물병은 치열했던 선거가 끝난 후 여운처럼 쓸쓸함을 더해 주었다.

특별한 행동에는 그에 걸맞은 뚜렷한 목적이 있듯이 서현이가 이번 전교 회장 선거에 출마한 가장 큰 이유 하나가 있다. 출마는 본인 뜻이기도 했지만 아내와 내 뜻도 적지 않게 작용했다. 규범과 윤리 의식이 강한 아이라서 형식과 틀을 벗어나면 불안하게 생각할 정도로 원칙에 충실한 성격이다. 모든 현상엔 명암이 존재하는 것처럼, 서현이의 이런 점은 분명 장점이지만 외향적인 면에서는 때론 소극성으로 나타나기도 한다. 이런 소극성을 극복하고 적극성을 키워 주기 위해 회장 선거에 출마하기를 권했다.

처음부터 목표가 확고했기 때문에 적지 않은 시간을 들여 공약과 연설문 등 선거에 필요한 준비에 공을 들였다. 선거를 준비하면서 서현이에게 자주 강조한 부분은, 결과는 과정에 대한 정직한 보답으로 과정에 충실하면 결과는 자연스럽게 얻어지는

'선물'이라고 말해 주었다. 설령 원하는 결과를 얻지 못하더라도 과정에 충실했다면 그것으로 보람과 만족을 느끼면 되는 것이라고. 대상이 아이이기 때문에 다분히 원론적이며 교과서적인 서생書生의 얘기일 수밖에 없었다.

그런데 이러한 매우 보편적 상식이 설득력을 가지려면 반드시 전제되어야만 하는 '원칙'이 있다. 그것은 선거 과정에서 '규칙'을 예외 없이 공평하게 적용하는 것이며 그 주체가 '학교'라는 것이다. 애석하게도 이번 선거는 이러한 선거의 가장 기본이 되는 규칙 적용에 심각한 문제를 드러냈다. '공약'과 '연설문'을 검증하는 과정에서 납득하지 못하는 문제가 생겼기 때문이다.

특정한 후보만 공약과 연설문 검증 기간을 준수하지 않았으며 결국 그 후보가 회장으로 당선되었다. 검증 과정이 생략된 후보가 남발하는 실현 불가능한 공약은 달콤한 유혹에 쉽게 노출될 가능성이 큰 아이들에게 강한 전파력을 발휘했고 또 주요했다. 공약을 사전에 검증했던 것도 이러한 우려를 해소하기 위함이었으나 어떻게 된 일인지 이 과정의 의미가 무색하게 되었다. 예외는 특권을 보장받으며 반칙과 탈법으로 변질 선거의 공정성 문제를 야기했다. 회장 선거의 정당성 문제는 두고두고 학교와 당선된 후보에게 지우지 못하는 주홍글씨로 각인될 것이다.

서현이는 이렇게 승복하기 어려운 선거에서 주어진 규칙을 준수, 최선을 다했다. 안쓰러움과 대견함이 특별히 교차했던 것도 환영받지 못하는 부끄러운 선거 상황에서 최선을 다했기 때문이다. 이겼지만 진 경우가 있고 반대로 졌지만 이긴 경우가 있는데, 서현이는 후자의 경우였다.

처음으로 하는 대중 연설이었으나 이상하게 하나도 떨리지 않았단다. 연설문 마무리 부분엔 최근 관심을 끌었던 드라마 '스카이 캐슬'의 악녀 입시코디네이터인 김주영의 대사를 패러디하여 전달하는 대목이 나온다. 이 부분을 매우 능란한 말로 '성대모사'를 하여 강당을 웃음바다로 만들었다고 한다. 시쳇말로 빵 터진 게다. 연설문을 준비할 때부터 경직되고 건조한 분위기를 일거에 바꿀 비장의 카드였다.

현장을 지킨 선생님들의 후한 점수가 과장이나 단순한 인사치레가 아니라고 여긴 것도 이러한 이유 때문이다. 준비된 자만이 누리게 되는 혜택인 자신감을 유감없이 발휘한 게다. 선거 승복의 문제와 별개로 서현이의 출마는 당초의 목적대로 '자신감'이란 큰 수확을 얻었다. 특히 선거 과정에서 연설문을 만들고 공약을 계발하며 타인의 마음을 얻기 위해 노력한 시간은 무엇과도 바꾸지 못하는 귀한 경험이었을 게다. 이러한 자신감이 하나둘 쌓여 성장의 밑거름이 되겠지.

이제 좀 있으면 6학년이 되지만 오늘따라 자는 모습이 너무 편해 보인다. 무럭무럭 자라기만 하는 줄 알았는데 자는 얼굴엔 아직도 아기 모습이 그대로다. 지금처럼 도담도담 잘 성장해 주길 바랄 뿐이다. 연단이 있는 무대와 강당 자리의 거리는 서현이와 내 초등학교 때의 거리로, 서현이는 이미 그 또래를 기준으로 그때의 나보다 훨씬 큰 세상을 그리고 있다.

2018

인문학과 골프

벌새는 1초에 90번이나
제 몸을 쳐서
공중에 부동자세로 서고
파도는 하루에 70만 번이나
제 몸을 쳐서 소리를 낸다

— 천양희, 「벌새가 사는 법」 부분

인문학과 골프, 참신한 어울림 같지만 한편으로는 낯설고 이질적이다. 골프가 많이 대중화된 현실을 감안하더라도 마치 초면인 두 사람이 차 한 잔 마시는 모습처럼 불편한 느낌이다. 이러한 느낌을 갖는 것은 인문학의 속성인 '전통'과 '보수성'이 골프의 '귀족적' '특권적' 이미지와 쉽게 어울리지 않는다는 우리 사회의 편견이 암암리에 작용한 결과라고 본다.

사실 인문학이 보수 일색은 아니다. 역사적으로 인문학은 보수를 굳건히 하면서도 언제나 정체를 경계하며 진보적 비전을 제시했다. 당대 사회의 전위적 담론을 생산하며 끝없이 변화를 선도한 일이 동서고금을 불문한 인문학의 역사다. 그런데도 이런 편견을 갖는 것은 공부하는 행위 자체가 과거를 복기하거나 답습하는 성격이 짙다고 여겼기 때문이다. '정靜'적이라서 '역동성'이 떨어진다고 봤던 것이다. 그러나 자세히 보면, 전통과 보수, 귀족적 특징은 인문학과 골프가 갖는 공통점이기도 하다. 특권도 대개는 보수가 경직으로 흐르게 되면 굳어지는 기득권일 때가 많으므로 인문학과 골프는 여러모로 비슷한 생태를 기반으로 한다.

어쨌든 학문의 종갓집인 인문이 전통과 보수는 물론이며 귀속적 성격을 갖는 것은 지극히 자연스러운 일이다. 보수의 전통은 세월의 켜를 연륜의 적층으로 생각한 까닭에 그 자체로 귀족적이다. 귀족의 향기는 영역을 떠나 유구한 시간 속에서 숙성한 인고의 값이다. 전통과 보수를 얘기할 때 골프처럼 명실상부한 게 없음에도 박래품인 골프는 적어도 우리 사회에서는 한때 그들만의 독점적 유희의 도구라고 여긴 측면을 부인하지 못한다. 골프가 곧 특권계층과 그들에 의해 구축된 독점적 카르텔을 형성했기 때문이다.

이렇듯 인문과 골프에 갖는 사람들의 편견은 우리 사회가 만들어 낸, 아주 예외적인 독특한 사회심리적 풍경에 기인한다. 인문학자인 내가 골프를 칠 정도가 됐으니 골프의 대중화가 가히 빛의 속도다. 수많은 간이역을 지나 종착역을 얼마 남겨 놓지 않은 어느 역에서 내가 개문발차開門發車한 셈이다.

어려서부터 운동을 좋아했고 고등학교 때까지 본격적인 운동(축구)을 한 내게 유독 골프만은 늘 관심 밖이었다. 귀족 스포츠라는 이미지가 강하여 아마 엄두를 내지 못한 게 가장 큰 원인이었을 게다. '돈'과 '시간'이라는 현실적 제약은 귀족 스포츠 사용설명서다. 최근까지도 집 앞에 인도어 골프장이 있었는데, 그 장소는 나와 전혀 관계가 없는 장소였다.

이런 내가 골프에 관심을 갖게 된 사연은 친구의 골프에 대한 얘기가 큰 영향을 주었다. 가랑비에 옷이 젖은 셈인데, 골프 용어를 모르면 대화가 막히고 소통이 안 되었으며 모르는데 예의상 호응을 하려니 그것도 차마 못할 일이었다. 그러던 즈음에 사무실 후배가 함께 배우자며 강권을 하여 골프에 입문(2016)하게 되었다. 후배는 이 핑계 저 핑계로 미루는 내게 이때가 아니면 배울 기회가 없다며 무작정 등록을 했다. 내 실제 골프 입문기入門記는 후배의 강권이 결정적 역할을 한 셈이지만, 친구가 지속적으로 소곤소곤 뿌린 골프의 씨앗이 없었다면 후배의 강권도 아마 오불관언吾不關焉이었을 게다.

골프를 배우는 과정은 녹록치 않았다. 우선 '허리디스크'가 발병한 상태에서 강행, 신체에 무리가 왔다. 더구나 추운 겨울에 배우기 시작하여 몸이 위축된 상태였다. 결린 곳이 속출하여 약을 먹고 아침에는 사우나의 뜨거운 물에 몸을 풀며 기왕 시작한 일 끝을 보자는 마음으로 자신을 다독였다. 웃지 못 할 일화들이 적지 않았다. 연습 중에 아는 형을 만나 스윙 시범을 부탁했는데, 스윙하는 과정에서 '헤드'가 빠져 사무실 유리창을 깨 적지 않은 돈을 들여 수리해야 했다. 지인으로부터 얻은 오래된 클럽이 결국 사고를 친 게다. 다행히 간발의 차이로 사람이 상하는 사고는 면했다.

이외에도 여러 일화들이 있는데, 이런 일화들이 쌓여 내가 골프를 중도에 포기하거나 대충 칠 수 없는 필연의 요인이 되었다. 적당한 비유가 될지 모르지만 예컨대 고전에 등장하는 영웅서사가 그렇듯 온갖 시련이 영웅 성장의 밑거름이 되는 것처럼 내 골프 입문 과정에는 여러 장애와 사건들이 있었기 때문에 더욱 애착과 오기가 생겼다.

인문과 골프, 이제 해묵은 편견을 벗어 던지고 사람과 자연을 탐구하는 삶의 도반道伴으로 함께 걸어가는 일이 필요하다. 크게 보면 골프에 드는 시간과 돈은 내게 공부의 심연을 긷기 위해 하나의 '도道'를 추구하는 과정과 같은 맥락이다. 공부를 잘하기 위한 주종 관계의 자리에 골프가 머리를 식히는 힐링의 역할을 하고 있을 뿐 다른 여가 활동과 특별하지 않다.

나는 골프를 자칭 '골도骨道'라고 한다. 동양에서 몸을 수단으로 하는 운동 중에 '도道'란 면류관을 얻지 못한 운동은 드물다. 하물며 골프처럼 '멘탈'이 중요한 운동이 도로 명명되지 못할 이유가 없다. 특히 도구를 이용하는 운동은 도구 자체가 금도를 벗어나는 순간 사람을 상하게 하는 흉기가 되기 때문에 무엇보다도 정신 수양이 선행되어야 한다. 신체적으로도 골프는 수평운동과 수직을 병행하는 매우 단순하지만 복합적 움직임을 갖는다. 뼈의 움직임이 부드러워야 가동 범위가 넓어져 정확하게 공을 때린다. 뼈는 '정신'과 '줏대'를 상징한다. 노자도 『도덕경道德經』에서 '강기골强其骨'이라고 했다. 백성을 위해 성인이 해야 하는 일 중에 '뼈를 튼튼하게 만드는 일'이 필요하다는 얘기인데, 이때의 뼈는 건강을 관리한다는 의미와 함께 정신을 올바로 한다는 뜻을 지닌다.

제대로 된 인문학자는 밭을 매는 일도 콩을 심는 일도 소홀히 하지 않는다. 내게 골프는 공부를 잘하기 위해 선택한, 거품이 사라진 보완재다. 그렇기 때문에 필드가 아니어도 전혀 관계가 없으며 장소에 구애됨 없이 바람을 가르게 되는 나만의 '정신봉'이다. 작가 박경리의 '고추밭'이 그의 삶과 문학의 보고寶庫요 인전人田이었던 것처럼.

2017

진보의 미래

하늘도 그만 지쳐 끝난 고원高原
서릿발 칼날진 그 위에 서다.

— 이육사, 「절정」 부분

9년 만에 민주 세력으로 정권이 교체되었다. 현직 대통령 탄핵으로 치른 보궐선거였기 때문에 미증유의 예외적 선거였다. 이제 집권당이 된 민주당은 그들이 자랑스럽게 생각하는 민주 정부 3기의 전통을 다시 이어 가게 됐다. 이번 정부는 지난 민주 정부의 시행착오를 뼈저리게 반면교사로 삼아 만신창이가 된 나라를 정상으로 되돌려 놓는 일에 정권의 명운을 걸어야 한다. 물론 정면교사로 삼을 부분은 제도로 확고히 뿌리내리도록 더욱 더 권장하고 발전시켜 나가야 한다. 지금 대다수 국민들이 요구하는 일은 '적폐 청산'과 '경제 회복'이다. 역대 어느 정권의 과제보다도 명징하고 분명한 국정 목표를 제시받은 셈이다.

탄핵과 정권교체는 '촛불'이 상징하는 '국민의 명령'에서 시작한다. 명령은 적폐 청산이고 수단은 개혁이며 그 개혁은 정권교체의 필연이고 민주 정부 3기가 존재하는 지엄한 이유다. 또한

다른 어떤 정부보다도 국민에게 빚을 진 정부지만, 그런 만큼 그 빚이 족쇄로 작용하는 것이 아니라 개혁의 지지와 응원으로 이어진다는 점에서 확고한 동력을 확보한 셈이다. 국민이 지지하는 개혁만이 여전히 호시탐탐 반격을 노리는 저 용렬한 무리들의 반전 기회를 원천적으로 봉쇄하는 울타리가 될 게다.

지금 진행되는 일련의 흐름들은 이러한 부분을 철저하게 인식하고 정교한 전략에 의해, 신중하지만 빠른 행보를 보이는 듯하다. 오래전부터 회자되는 말이지만 "진보는 분열로 망하고 보수는 부패로 망한다."라는 말이 있다. 이 말의 함의는 보수의 부패는 그들이 도덕성을 상실한 기득권 세력이기 때문이며, 진보의 분열은 지나친 '도덕적 결벽성'으로 인해 보다 투명성을 확보하는 과정에서 빚어진 자학의 결과물인 탓이다.

이제 도덕적 결벽성에 대한 자기 검열에서 보다 유연해져야 한다. 정치 행위의 처음과 끝의 기준이 투명한 도덕적 잣대가 되어야 함은 언제나 고려해야 할 최고의 덕목이지만, 극우 보수가 엄연한 현실에서 스스로 하는 고해성사는 결국 저들이 감행하려는 전복 서사의 음흉한 출발점이 된다는 점을 인식해야 한다. 물론 진보의 생명력은 예나 지금이나 도덕성임은 불변이며, 그것이 개혁의 동력임은 부인하지 못하는 진실이다.

그러나 내가 하고 싶은 말은 손에 묻을 수밖에 없는 미진微震의 불편함을 견디지 못하고 그때그때마다 씻어야 한다면 일하는 역할로서의 손은 점점 세수洗手 기능만을 위한 미용의 손으로 불구화될 우려가 있다는 점이다. 극우 보수는 특별한 '강심장'(?)을 가진 사람들이다. 그 심장은 어떠한 경우에도 부끄러움을 모르는 '몰염치'의 발원지이기도 하다. 우리가 그런 둔감한 심장을 부러워하거나 본받을 이유는 없지만, 그렇다고 개혁의 과제 앞에서 스스로 작아지며 벌렁거리는 '새가슴'으로 주저한다면 국민이 준 천재일우의 개혁 명령을 실기하게 될지도 모른다. 정치의 요체는 국민 생활의 '안녕'이다. 그 안녕을 담보하는 일이 진보와 보수가 다를 리 없다. 국민의 안녕과 행복을 보장하는 방법을 중심에 두고 상식의 관점에서 제기하는 문제가 논의의 핵심이 되어야 한다.

지금의 보수는 애석하게도 이러한 국민의 바람과는 상당한 괴리를 보인다. 더 본질적으로 보면, 변화된 유권자의 의식을 따라가지 못하고 진보는 이념적으로 좌편향이기 때문에 북한과 동일하다는 '분단의 논리'를 여전히 그들의 존재 기반으로 삼는다.

분단 70년, 그들 기생의 화수분이었던 이념의 빙하가 녹아내리는 현실을 우리는 꿈처럼 목도한다. 바라건대 진보여! 아니 이 땅의 개혁을 열망하는 상식의 사람들이여, '입실入室'하려면 우선 '승당升堂'해야 하는데 '버선발'이 아니라고 머뭇거릴 텐가. 맨발이어도 좋다. 당당하게 '토방土房'을 딛고 힘차게 승당해라.

그래야 입실의 문을 통과할 게 아닌가.

2017

추기追記

역사는 어느 특정한 사람의 바람과 정의正義와 선善이라는 인류 보편적 가치대로 흘러가지 않는 것 같다. 마치 강물이 직선으로 바다를 향하지 않듯이. 5년이 지난 지금 민주 정부는 정권 재창출에 실패했다. 대통령 자신의 높은 지지율과 상반되는 충격적인 일이 벌어진 것이다. 믿고 싶지 않은 사실이 현실이 되었다. 원인 없는 결과는 없다. 실패의 원인은 수만 가지가 있겠지만, 크게 보면 결국 민심 이반의 경고와 신호를 제대로 읽지 못한 탓이 결정적이었다. 그것이 상대의 선동과 프레임이 강력하게 작동한 결과라고 해도 마찬가지다. 여기에 '설마' 하는 안일한 생각이 돌이킬 수 없는 낙장불입落張不入의 상황을 초래한 것이다. 설마가 사람을 잡은 것이다. 민주 세력을 잡은 것이다.

이러한 방심은 과거 대선에서는 없었던 상대 후보와의 인물에 대한 월등한 비교 우위론에 근거한 나름대로의 확고한 믿음이 작용한 결과였다. 하지만 참담한 실패로 끝남으로써 민주 세력은 시민의 일반 상식에 대한 깊은 회의와 배반에 직면하게 되었다.

이 글을 처음 쓸 때 희망과 기대 속에서도 '염려'와 '불안'을 제기한 바 있었는데, 애석하게도 불길한 예감은 적중하고 말았다. 시민의 지지를 모아 힘을 실어 주었지만 '개혁' 앞에서 머뭇거렸던 것이다. 얻지 않아도 될 역사의 교훈을 하나 더 얻은 셈인데, 교훈치고는 너무도 어처구니없는 참담한 교훈이다.

이번에 탄생한 정권은 보수 정권임에도 불구하고 과거 보수 정권과는 그 궤를 달리하는 전혀 다른 차원의 전대미문의 정권이 탄생했다. 이는 진보와 보수를 떠나 '정치'가 실종될 수 있는 '암흑'을 의미하는 것으로 매우 위험스러운 국면이라고 할 수 있다. 우리 정치가 한 번도 경험하지 못한 현실이라서 걱정이 앞선다. 시행착오와 희생을 통해 한 발 한 발 진보해 왔던 역사의 궤도를 가늠하기조차 어려운 퇴행으로 만들 가능성이 농후한 현실 앞에 우리는 서 있다.

바라건대 이 같은 염려가 제발 기우杞憂이기를, 그래도 국민의 절반에 가까운 지지를 얻었는데 그 기대를 저버리지 말기를 '진영'을 떠나 이 땅에 발을 딛고 사는 국민의 한 사람으로서 간절한 마음으로 빌고 또 빈다. 진보도 보수도, 보수도 진보도 한결같이 소망하는 것은 대한민국의 안녕과 평화가 아닌가.

인용문 출처

13쪽 이동순, 「봄날」, 『가시연꽃』, 창작과비평사, 1999.

18쪽 파블로 네루다 지음, 정현종 옮김, 「시가 내게로 왔다」, 『파블로 네루다 시집』, 문학동네, 2013.

23쪽 백무산, 「초심」, 『초심』, 실천문학사, 2002.

27쪽 김지하, 「풍자냐 자살이냐」, 『생명』, 솔, 1992, 250쪽.

34쪽 도종환, 「담쟁이」, 『당신은 누구십니까』, 창비, 1993, 82쪽.

38쪽 김기림, 「바다와 나비」, 『김기림 시집』, 범우사, 2015, 17쪽.

44쪽 강은경 작사, 조수미 노래, 「나 가거든」, 『조수미 20주년 기념 베스트』, 워너뮤직코리아, 2006.

50쪽 정현종, 「충족되지 않은 상태의 즐거움」, 『견딜 수 없네』, 문학과지성사, 2013, 79쪽.

55쪽 이영광, 「호두나무 아래의 관찰」, 『그늘과 사귀다』, 랜덤하우스, 2007, 17쪽.

58쪽 신대철, 「새와 별」, 『누구인지 몰라도 그대를 사랑한다』, 창비, 2005, 26쪽.

65쪽 김창완 작사, 김창완 노래, 「어머니와 고등어」, 『김창환-SOLO WORKS 1983-1995』, 로엔엔터테인먼트, 2010.

69쪽 이익, 「개떡」, 최재기·정영미 번역, 『성호집』, 한국고전번역원, 2017, 72쪽

74쪽 나혜석, 「인형의 가家」, 『경희 외』, 범우사, 2006, 16쪽.

79쪽 버지니아 울프, 『이 지상에서의 나 혼자만의 방』, 세종출판공사, 1990, 173쪽.

85쪽 신경림, 「동행」, 『신경림 시 전집』, 창비, 2004, 92쪽.

89쪽 윤동주, 「자화상」, 『하늘과 바람과 별과 시』, 정음사, 1955, 6쪽.

93쪽 도종환, 「꽃잎 인연」, 『사람의 마을에 꽃이 진다』, 문학동네, 2011.

98쪽 이해인, 「겸손」, 『다른 옷은 입을 수가 없네』, 열림원, 2002, 16쪽.

103쪽 VARIOUS, 「소나무」, 『세계 애창 가곡, 민요, 오페라 번안 전집』, 서울미디어, 2015.

108쪽 나태주, 「신문」, 『나태주 시 전집 2』, 고요아침, 2006, 229쪽.

113쪽 이육사, 「청포도」, 손병희 편저, 『이육사의 문학』, 이육사문학관, 2017, 63쪽.

121쪽 박순원, 「늦가을」, 『주먹이 운다』, 서정시학, 2008, 76쪽.

126쪽 박목월, 「아가雅歌」, 『박목월 시 전집』, 서문당, 1984, 65쪽.

130쪽 송찬호, 「나그네 별」, 『흙은 사각형의 기억을 갖고 있다』, 1989, 80쪽.

134쪽 김학주 역주, 「안연」편 21장, 『논어』, 서울대학교출판부, 1985, 337쪽.

138쪽 이오덕, 「동시를 쓰랍니다」, 『이 지구에 사람이 없다면 얼마나 얼마나 아름다운 지구가 될까?』, 고인돌, 2011.

142쪽 양희은 작사, 양희은 노래, 「사랑 그 쓸쓸함에 대하여」, 『양희은 30 LIVE』, 엠넷미디어, 2007.

148쪽 이상, 「날개」, 임종국 편, 『이상 전집』, 문성사, 1968, 15쪽.

153쪽 문태준, 「빈집의 약속」, 『가재미』, 문학과지성사, 2006, 98쪽.

157쪽 피천득, 「나의 사랑하는 생활」, 『인연』, 샘터사, 213쪽.

161쪽 이제무, 「벌초」, 『벌초』, 천년의 시작, 2003.

165쪽 나희덕, 「나뭇잎 하나로 이 세상을」, 『뿌리에게』, 창비, 1991, 74쪽.

169쪽 이기철, 「백지의 말」, 『사람과 함께 이 길을 걸었네』, 서정시학, 2008.

177쪽 박용래, 「겨울밤」, 『먼 바다』, 창비, 1984.

181쪽 황지우, 「너를 기다리는 동안」, 『게 눈 속의 연꽃』, 문학과지성사, 1993, 14쪽.

184쪽 조명희, 「샘물」, 『포석 조명희 전집』, 동양일보 출판국, 2020, 427쪽.

188쪽 박두진, 「자화상」, 이연의 엮음, 『박두진 시선』, 지식을 만드는 지식, 2013, 214쪽.

192쪽 김애란, 「난 삐딱한 게 좋아」, 『난 학교 밖 아이』, 창비교육, 2017.

196쪽 김수영, 「거대한 뿌리」, 『김수영 시 전집』, 민음사, 1981, 226쪽.

201쪽 박경리, 「여행」, 『버리고 갈 것만 남아서 참 홀가분하다』, 마로니에북스, 2008, 23쪽.

206쪽 박경리, 「어머니」, 『버리고 갈 것만 남아서 참 홀가분하다』, 마로니에북스, 2008, 57쪽.

211쪽 정지용, 「별똥」, 『정지용 시 전집』, 민음사, 1990, 84쪽.

215쪽 김지하, 「황톳길」, 『황토』, 솔, 1995, 13쪽.

223쪽 서정오 번역, 탁영호 그림/만화, 『시애틀 추장의 편지』, 고인돌, 2017.

227쪽 심봉석 작사, 윤현선 노래, 「얼굴」, 『매혹의 노래 모음』, 지구 레코드사, 2005.

231쪽 윤동주, 「새로운 길」, 『하늘과 바람과 별과 시』, 정음사, 1955, 16쪽.

236쪽 정현종, 「모든 순간이 꽃봉오리인 것을」, 『정현종 시 전집 1』, 문학과지성사, 1999, 265쪽.

240쪽 조철호, 「노새」, 『유목민의 아침』, 푸른나라, 2015, 16쪽.

245쪽 J. M. 바스콘셀로스, 『나의 라임오렌지나무』, 동녘, 1982, 244쪽.

249쪽 김학주 역주, 「팔일」편 26장, 『논어』, 서울대학교출판부, 1985, 168쪽.

253쪽 이성복, 「라라를 위하여」, 『뒹구는 돌은 언제 잠 깨는가』, 문학과지성사, 1980, 43쪽.

258쪽 천양희, 「벌새가 사는 법」, 『너무 많은 입』, 창비, 2005.

263쪽 이육사, 「절정」, 손병희 편저, 『이육사의 문학』, 이육사문학관, 2017, 70쪽.